KB115276

네르가시아 장편소설
FUSION FANTASTIC STORY

도시 무왕 연대기

도시 무왕 연대기 4

네르가시아 장편소설

초판 1쇄 찍은 날 § 2015년 12월 4일
초판 1쇄 펴낸 날 § 2015년 12월 11일

지은이 § 네르가시아
펴낸이 § 서경석

편집책임 § 이재림

펴낸곳 § 도서출판 청어람
등록번호 § 제387-1999-000006호
등록일자 § 1999. 5. 31
어람번호 § 제1-2305호

주소 § 경기도 부천시 원미구 부일로 483번길 40 서경B/D 3F (우) 14640
전화 § 032-656-4452 팩스 § 032-656-4453
http://www.chungeoram.com
E-mail §chungeorambook@daum.net

ⓒ 네르가시아, 2015

ISBN 979-11-04-90542-1 04810
ISBN 979-11-04-90445-5 (세트)

네르가시아 장편소설

FUSION FANTASTIC STORY

되무방 연대기

목차

외전. 고행

1382년 12월.

휘이이이잉—!

때는 이제 혹한으로 접어들어 초목이 온통 앙상한 가지를 드러내고 있었다.

뽀드득, 뽀드득—

중원대륙 북부 사막지대에도 이따금 눈이 내려 비단길을 오가는 행상들의 발목을 붙잡는다.

"으으……."

천하준의 아들 천무혁은 호랑이 가죽으로 만든 털 장화를 자꾸 뚫고 들어오는 한기에 몸서리를 쳤다.

그런 그에게 할아버지 천태가 넌지시 물었다.

"…춥느냐?"

"아, 아닙니다! 하나도 춥지 않습니다."

"그런데 왜 그렇게 몸을 떠느냐?"

"그, 그건……"

천태는 잠시 가던 길을 멈추고 손자의 장화를 벗겨 그 안을 살펴본다.

"이리 줘 보거라."

"으윽……!"

그는 작고 딱딱한 손자의 발을 손으로 스윽 닦은 후, 그 상태를 진단한다.

"으음, 동창이 났구나."

"도, 동창이요?"

"이대로 계속 물기에 젖은 장화를 신고 다닌다면 동상에 걸려 발을 잘라야 할 수도 있다."

"허, 허억!"

천태는 기꺼이 손자에게 등을 내어준다.

"업히거라."

"……"

"무엇하느냐? 이 할아비가 업히라고 하지 않았더냐?"

"…싫습니다."

"뭐라?"

"소자는 아직 걸을 수 있습니다. 한데 어째서 할아버님의 등을 빌린단 말입니까? 이건 남자로서 수치입니다."

일부러 바닥에 쪼그려 앉았던 천태가 속으로 실소를 흘린다.

'후후, 재미있는 녀석이군.'

조부의 응석받이는 그 수염을 잡아당긴다는 말이 있다.

한데 천태의 손자 무혁은 그와 정반대로 너무 강직하게 철이 들어 기가 찰 노릇이었다.

일찍 철이 든 손자가 대견하기도 하면서도 한편으론 마음이 썩 좋지 않은 천태였다.

'아직 솜털도 채 벗겨지지 않은 소년이 갖기엔 너무 큰 패기 아닌가? 쯧!'

하는 수 없이 천태는 손자에게 회유책을 쓰기로 한다.

"무혁아."

"예, 할아버님."

"군자의 덕목 중 가장 으뜸은 무엇이라고 배웠더냐?"

"절개와 인내라고 배웠습니다."

"그렇다면 무인의 가장 큰 덕목은 무엇이더냐?"

"겸손과 청렴입니다."

천태는 고개를 가로저었다.

"아니다. 네가 잘못 배웠구나. 무인의 가장 큰 덕목은 생과 상생이다."

"예, 예? 저는 분명히······."

"무인은 칼로 사람을 베는 사람들이지만 진짜 무인들은 칼로 사람을 살린다고 말하곤 하지. 상생이야 말로 무인이 궁극적으로 추구해야 할 진리이다. 물론, 이 할아비는 이번에 그 덕목을 어기고 말았지. 아마도 이 할아비는 무인으로서의 자질이 부족한 모양이구나."

"······."

"이 세상은 글로서 배울 수 없는 무한한 지식과 경험이 존재한단다. 이를테면 우리 천가의 무공과 같은 것 말이다. 너는 천가의 무공을 모두 익혔더냐?"

"천마삼경 중 가장 기본인 건곤일식의 두 번째 장을 모두 익혔습니다."

"건곤일식은 하늘과 땅, 천지인이 합일을 이뤄 궁극에 도달하는 무공이란다. 이 할아비는 건곤일식 제1장의 두 개의 구결만으로 무림을 평정했었단다. 한데, 지금 너는 무림을 평정할 수 있는 실력이 되더냐?"

"···아닙니다."

"왜 그렇겠느냐? 너는 건곤일식의 두 장을 모두 익혔고, 그 안에 들어 있는 무학을 전부 다 외웠을 것이다. 그럼에도 불구하고 어째서 정파무림인들을 이기지 못했던 것이냐?"

"그, 그건……."

천태는 동그란 두 눈이 어느새 촉촉해진 손자를 잠시 자신의 무릎에 앉혔다.

그리곤 바위에 잠시 걸터앉아 그의 발을 손으로 주무르며 말했다.

"으윽!"

동창으로 인해 발이 퉁퉁 부어 만질 때마다 조금씩 고통이 찾아들고 있을 터였다.

천태는 그런 손자의 발을 정성스럽게 주물렀다.

"이 세상은 글로는 모든 것을 익힐 수 없는 큰 세상이기 때문이란다."

"아아……!"

"생각해 보았느냐? 지금 네가 글로 익혔던 세상은 이 할아비가 아는 세상의 1/100도 안 된단다. 천교정을 벗어나 지금 우리가 고비의 끝자락에 닿았음을 언제 한 번이라도 상상해 본 적이 있었더냐?"

"아닙니다."

"세상은 그런 것이다. 글로서 배우고 상상해서 얻을 수 있는 경험에는 한계가 있어. 이 할아비는 대설산 중턱에서 절족의 상황을 몇 번이고 겪었단다. 그러면서 동창과 동상이 얼마나 위험한 것인지 터득하게 되었지. 이론적으론 우리 가문의 무공을 익히면 동상과 동창에 절대로 걸릴 수가 없단다. 하지만 인간이란, 대자연 앞에 한없이 약할 뿐이지. 그래서 이 할아비도 젊어서 너와 같은 상황에 너무 의연하게 대처했었던 것을 후회했단다."

"……."

천태는 무혁에게 앞으로 자신이 그의 우산이고 쉼터가 되어주어야 한다는 것을 인식시켰다.

"무혁아, 앞으로 이 넓은 세상을 살아가는데 엄청난 역경과 환난이 찾아올 것이다. 그때마다 네 작은 두 손으로 그 고난의 가시밭길을 헤쳐 나가야 한단다. 하지만 그 모든 것을 온전히 네 힘으로 헤쳐 나갈 수는 없을 게다. 그래서 이 할아비가 너를 데리고 서역으로 건너가려는 것이다."

"감사합니다, 할아버님."

"아니, 감사할 필요는 없어. 어차피 너도 나중에 나이를 먹어 일가를 이루게 된다면 반드시 해야 할 일이니까."

천태는 희수의 노신을 일으켜 손자를 등에 업었다.

"가자꾸나. 이제 곧 폭풍이 몰려올 것 같아."

"예, 할아버님."

천태의 등에 업힌 무혁이 앞으로의 행보에 대해 물었다.

"그런데 할아버님, 이제 우리는 어디로 가나요?"

"혹시, 천마조사의 영전을 직접 본 적이 있더냐?"

"아니요, 없습니다."

"천가의 고묘에는 천마조사의 영전이 모셔져 있고 역대 우리 가문의 선조들이자 일월신교의 교주들이 잠들어 있단다. 우리는 서역으로 건너가기 전, 그곳에서 참배를 드리고 우리의 안녕을 기원할 것이다."

"그럼 그 이후엔요?"

"파식국으로 가는 비단길을 따라 서장의 땅으로 갈 것이다."

"서장이요?"

무혁은 지금까지 자신이 살아오면서 생전 처음 듣는 단어들로 인해 눈알이 좌우로 정신없이 굴러다니는 것을 느꼈다.

천태는 차근차근 손자의 지식의 장을 넓혀주었다.

"그곳은 고산부족들의 땅으로, 강인하고 묵묵한 사람들의 터전이지. 아마 그곳을 지난다면 눈의 거처를 넘을 수 있을 거야."

"그런 곳은 태어나 처음 들어보는 것 같아요."

"엄청난 높이의 설산이란다. 서장 사람들은 만년설의 집이라고 부르기도 하지. 우리가 아무리 불의 일족이라고는 하나, 눈의 거처를 티베트 사람들의 도움 없이 건널 수는 없단다. 우리가 서역으로 가자면 꼭 거쳐야 하는 곳이기도 하고."

"그렇군요."

천태는 손자를 업은 발걸음을 재촉한다.

"어서 가자꾸나. 시간이 별로 없어."

"예, 할아버님."

두 조손은 고비의 북쪽 끝자락에 위치한 일월신교의 고원으로 향했다.

＊　　　＊　　　＊

서부 사막지대의 지평선 너머로 한 무리의 기수들이 보였다.

다그닥, 다그닥!

"이랴!"

10필의 말들로 이뤄진 이 행렬의 선두에는 북해의 설원표범을 형상화한 깃발이 나부끼고 있었다.

대열의 중간쯤에 있던 사내는 이내 손을 들어 행렬을 멈추어 세웠다.

"서라!"

그의 수신호에 맞춰 일제히 자리에 멈추어 선 사내들은 기수를 돌려 그를 향해 모여들었다.

어깨에 푸른색 휘장을 두른 그가 사내들에게 말했다.

"이곳이 바로 천교장이다."

"…이곳이 말입니까?"

그들이 멈춰선 곳은 을씨년스러운 기운이 스멀스멀 피어오르고 있는 폐가의 앞이었다.

사내들은 이곳이 바로 소문을 따라 떠돌고 있는 귀곡성이나 도깨비의 집이라고 확신하고 있었다.

하지만 놀랍게도 이 허물어지기 직전의 폐가가 바로 무림 초일류 고수집단 명교의 심장부였던 것이다.

"아무래도 천교주께서 칩거하시는 동안 집안이 몰살을 당한 것이 틀림없다."

"흠……."

"제기랄, 우리가 10년 동안 떠돌이 생활을 하는 동안 천교정은 아예 쑥대밭이 되어버린 모양이야."

이들은 10년 전에 패망했던 북해빙궁의 표국무사들이었다.

100인의 표국무사들은 명나라와 정파무림맹의 감시와 추격을 피해서 10년 동안 은둔생활을 해왔다.

그동안 세력이 10년 전과는 비교도 할 수 없을 정도로 성장했으나, 강산이 변하는 동안 천태의 집안은 아예 망해버렸던 것이다.

열 명의 표국무사들을 이끌고 온 단주 진해룡은 떨리는 마음으로 천교정의 문을 열었다.

끼이이익—!

그러자, 그 안에서 역한 피비린내와 시신의 썩은 냄새가 진동했다.

"으윽!"

"사람이 죽어 부패한지 꽤 된 모양입니다. 어쩌다 이런 처참한 몰골이……."

천교정 안에는 과연 나이와 성별을 가늠할 수조차 없을 정도로 부패해버린 시신들이 즐비해 있었고, 그 주변은 온통 선혈로 물들어 있었다.

아마도 이곳에선 외지의 세력이 칼부림을 펼친 모양이었다.

진해룡은 천교정 안을 돌아다니며 시신들이 과연 언제쯤 숨을 거두었을지 가늠해보았다.

한데, 시신들이 생겨난 지 그리 오랜 시간이 지난 것 같지는 않았다.

"아무리 길어봐야 두 달? 아니면 그 안에 일이 벌어졌을 수도 있겠다."

"흠……."

"그렇다면 정파무림맹에서 보냈다고 했던 토벌단이 임무를 완수했던 것일까요?"

"…글쎄, 그건 조금 더 조사를 해봐야 알 것 같군."

10명의 부하들과 길게 늘어선 혈흔을 따라서 천교정의 후원으로 들어선 진해룡은 아연실색할 수밖에 없었다.

"우우욱!"

"도대체 이게 무슨 말도 안 되는……!"

후원에는 독에 중독되어 온몸이 녹아버린 시신들은 물론이고, 목이 검에 난자되어 형태를 알아볼 수 없는 시신도 있었다.

그런데 그중에서도 유독 머리가 터져 뇌수가 흩어졌거나 몸통이 압력으로 인해 터져 죽은 것 같은 시신들이 눈에 띄었다.

진해룡은 유난히도 처참하게 죽어버린 시신들의 숫자를 세어본다.

"총 40구… 게다가 금색 휘장까지 두르고 있다니, 토벌단이 틀림없다."

"그렇다면……."

"정파무림맹은 이곳에서 누군가에게 몰살을 당한 거야. 물론, 몰살을 당하기 전에 그들이 먼저 살육을 벌였겠지."

그는 독에 중독되어 죽어버린 시신들을 가리키며 말했다.

"…당문에서 파견된 살수들은 사람을 이런 식으로 독살하곤 한다. 알고 있다시피, 놈들의 검에는 항상 독이 발라져 있기 때문이지."

독살을 당했다는 가정하에 정파무림맹의 패배를 점치는 그에게 부하들이 물었다.

"하지만 도대체 누가 이들을 몰살시켰단 말입니까? 그들은 화경급 고수들만 해도 20명인데 말입니다."

"흠, 그래. 이 중에는 이미 화경의 고수들도 꽤나 많이 섞여 있지. 이 정도 살육을 벌이자면 그에 상응하는 무공을 갖춘 고수들 40명이 필요할 거야."

"만약 그렇지 않다면……."

그는 가장 유력한 추론을 입 밖으로 꺼내들었다.

"…천교주다! 그분께서 살아계신다!"

"아아……!"

"천마삼경의 상승무공을 익히기 위해 폐관수련에 들어갔다고 하더니, 아마도 그곳이 이곳 후원인 모양이야."

"허, 허어! 그렇게 어처구니없는 일이 다 있나!"

"아무튼 우리에겐 잘된 일이다. 어서 빨리 그분의 행적을 쫓는다면 충분히 따라잡을 수도 있을 것이야."

"그럼 지체할 것 없이 곧바로 출발하시죠. 표국에는 전서구를 띄우겠습니다."

"그래, 그렇게 하자고."

진해룡은 곧바로 일월신교의 교주이자 무림의 절대고수 천태를 따라서 말을 몰았다.

*　　　*　　　*

일월신교의 모태이자 모든 사파고수의 우상인 천마조사가 잠든 영전으로 천태와 천무혁이 들어섰다.

그그그그극!

천태는 무려 50년 동안 굳게 닫혀 있었던 천가고묘의 문을 열었다.

천가고묘는 하늘에서 떨어진 유성으로 가공해 만든 만년현철을 덩어리로 뭉쳐 막아놓았다.

때문에 이곳으로는 습기와 한기가 스며들지 못했으며, 자연경에 이른 고수가 아니면 아예 손을 댈 수도 없는 무적진이 펼쳐졌다.

천태는 자신이 교주로 추대된 이후에 처음으로 온 천가고묘를 감회가 새롭다는 듯이 바라본다.

"그래, 내가 이립이 되었을 쯤에 왔었던 곳이 맞군. 변한 것이 하나도 없어."

"…신기해요. 벽면에 상형문자들이 이렇게 또렷이 새겨져 있다니……!"

무혁은 천가고묘가 그저 역대 교주들의 위패만 모셔 놓은 동굴이라고 생각했었다.

하지만 천가고묘는 일월신교의 근간이자 뼈대라고 할 수 있는 건곤대나이의 심결이 빼곡하게 적혀 있었다.

그리고 그 아래 바닥에는 천마가 살아생전에 사용했던 보검들과 비단갑주들이 수놓아져 있었다.

한마디로 이곳은 일월신교가 지금까지 어떻게 번영했는지에 대한 기록이 담긴 역사의 산물이었던 것이다.

천태는 천마가 생전에 화열검 대신에 사용했었던 구마천혈검을 건넸다.

"십만 마도인을 무릎 꿇렸던 구마천혈검이다. 대대로 일월신교의 소교주에게 전해져 오던 검이지. 원래는 하랑의 것이었다만, 그 녀석은 한빙검을 수호하느라 이 검을 갖지 못했었단다. 이제는 네가 하랑의 뒤를 이어 일월신교의 소교주가 되었으니, 네가 그 뒤를 이어야겠다."

"하, 하지만 저는 아직 어리고 힘도 약한 데다……."

천태는 그의 머리를 쓰다듬으며 말했다.

"소교주는 그 어떤 상황에서도 목숨을 구걸하지 않는 절개와 용기, 그리고 선비의 부드러움과 강직함을 가져야 한다. 너는 그런 조건을 모두 갖추고 있어. 네가 얼마 전, 당문의 고수와 벌였던 신경전을 이 할아비는 기억하고 있단다. 우리 천가의 미래는 그런 강직함에 달려 있다고 볼 수 있지."

그는 천마조사의 위패가 모셔져 있는 고묘의 중앙으로 다가가 그의 무릎 위에 놓여 있던 반지를 꺼내어 무혁에게 건넸다.

"천마조사께서 당신의 내단을 직접 빼내어 만든 반지란다. 때가 되면 네가 이 반지의 주인으로서 그분의 내단을 이어받게 될 것이다."

"이런 엄청난 내단이 존재한다면 왜 대대로 교주들은 이 내단을 섭취하지 않았던 건가요?"

"이건 천마조사께서 교단이 위험에 빠지거나 폐단의 위기에 처하면 사용하라고 만들어놓은 것이란다. 지금까지 우리 교단이 이렇게까지 큰 위험에 직면한 적은 없었단다. 고로, 이젠 앞으로 교주가 될 네가 이 내단을 이어받는 것이 마땅하다고 이 할아비는 생각한단다."

무혁은 천마조사의 반지를 받은 후, 그것을 목걸이로 만들어 목에 걸었다.

"이젠 천마조사님의 유지를 받들어 훌륭한 교주가 되도록 노력하겠습니다."

"허허, 그래!"

이제 천태는 마지막으로 역대 교주들에게 일일이 헌향하고 다시 천가고묘를 만년현철로 단단히 틀어막아버렸다.

1. 고비사막

　보네거트 가(家)의 본가는 펜실베이니아 주 필라델피아에 위치하고 있다.

　원래 보네거트 가문은 미국이 독립전쟁과 남북전쟁을 거치는 동안 유럽과의 교역을 통해 무기를 조달하던 군상 가문이었다.

　미국이 초라한 식민지에서 지금의 초일류 국가를 건설하는 동안 그들은 지대한 공을 세워왔던 것이다.

　그리하여 보네거트 가문은 펜실베이나의 지주와 같은 집안으로 추대되어 지금까지 그 명맥을 이어오고 있었던 것이었다.

그런 보네거트 가문의 현 당주이자 보네거트 그룹의 총수 마이클 보네거트는 집안의 역량을 펜실베니아에서 뉴욕으로 넓힌 핵심적 인물이다.

그는 보네거트 그룹의 사업적 역량을 펜실베니아에서 뉴져지로, 그 이후엔 뉴욕으로 넓혀나갔다.

전자, 금융, 건설, 해운, 선박, 기술정밀 등 그들이 손을 대지 않은 분야는 존재하지 않았다.

미국의 현행법상 이런 문어발식 확장은 불가능하였지만 그의 수완과 사업가적 기질은 법을 뛰어넘어 한 단계 앞으로 진보했다.

그는 집안의 모든 인재를 동원하여 자회사의 자금을 출자시켰다. 그리고 그 자금들을 주식 형태로 소유하여 자신이 직접 그 회사의 대주주가 된 것이었다.

이름과 소속은 전부 다 다르지만, 한 가문으로 엮인 그들의 파상 공세는 대단했다.

처음 보네거트 가문이 주력으로 앞세웠던 무역은 이제 미국에서 제1위를 기록하고 있었으며, 그 휘하의 모든 사업이 최상위를 선점하고 있었다.

보네거트 가문은 마이클 보네거트라는 걸출한 사업가를 당주로 맞아 또 한 번 눈부신 도약을 이뤄냈던 것이다.

그리고 태하는 보네거트 가문의 수장 마이클이 주최한 파티에 정식으로 초대되어 손님으로 참석하게 되었다.

빰빠바밤!

브룩클린 연안에 위치한 알파인 빌딩은 보네거트 가문이 1970년도에 세운 75층 건물이다.

이곳은 선박, 해운, 조선, 무역 등 해상사업에 속한 조직들을 한데로 엮는 사령탑 역할을 한다.

때문에 마이클 보네거트에겐 자신의 전신과도 같은 존재라고 할 수 있었다.

태하는 이곳에서 열린 보네거트 그룹의 창립기념일 행사에 VIP손님으로 초대되었던 것이다.

어깨가 저절로 들썩이는 재즈 음악이 울려 퍼지고 있는 파티장에 들어선 태하는 가장 먼저 로빈과 줄리아나를 만날 수 있었다.

"엑트린 회장님!"

"반갑습니다. 잘 지내셨는지요?"

"물론이죠!"

태하는 그녀의 손등에 가볍게 키스하여 격식을 차린 후, 로빈에게 악수를 청하였다.

"안녕히 계셨습니까?"

"하하, 그래! 자네 요즘 바쁘다고 소문이 자자하더군! 무슨 사업을 구상하는데 그렇게 바쁜가?"

"귀금속 브랜드와 에너지 드링크 사업을 동시에 진행하다 보니 정신이 하나도 없었습니다."

"에너지 드링크?"

"조만간 공장을 세우고 영업력을 총동원할 회사입니다. 귀금속 브랜드와 함께 우리 그룹의 주력사업으로 급부상할 종목이지요."

"후후, 무척 기대가 되는군!"

줄리아나는 얼마 전에 자신의 언니 캐롤라인이 제안했던 귀금속 브랜드 합작에 대해 묻는다.

"원래 합작에 대해 계속해서 논의가 되고 있었지만 회장님께서 너무 바빠서 연락이 닿지 않았었지요. 귀금속 브랜드 론칭에 대해선 어떻게 결정을 내리셨나요?"

"물론 대찬성입니다. 현재 수뇌부 회의에서도 그렇게 결론을 내렸고요."

"잘 되었군요! 총괄이사께서 아주 기뻐하실 거예요."

"그렇다면 영광이지요."

캐롤라인 보네거트는 그룹 총괄이사로서 다양한 분야에 정통한 만물박사이자 비즈니스 우먼이다.

그녀는 손을 대면 모든 사업이 승승장구한다고 하여 미다스의 손이라는 수식어가 붙는 진짜 사업가다.

태하 역시 그녀에 대한 호기심이 일지 않을 수 없었다.

"오늘 파티에는 총괄이사께서 참석하지 않으십니까?"

"마침 유럽 출장이 있어서 참석하지 못했어요."

"그렇군요. 아쉽게 되었습니다. 이 기회에 서로 안면을 텄으면 좋았을 것인데 말입니다."

"그러게요."

이윽고 줄리아나는 태하를 데리고 마이클 보네거트 회장이 있는 행사장 중앙으로 향한다.

"이제 회장님께 인사를 드리러 가요. 안 그래도 많이 기다리고 계세요."

"예, 알겠습니다."

태하는 파티장 중앙에서 손님들과 대화를 나누고 있던 마이클 보네거트와 마주하게 되었다.

그는 정, 재계 인사들과 두루 인사하며 인맥을 과시하고 있었다.

"아버지."

"줄리아나! 이제 왔구나!"

"바쁘신가요?"

"아니다. 손님들이 꽤 많이 오셔서 말이다."

"제가 말씀드렸던 카미엘 엑트린 회장님이 오셨어요."

조금 길게 늘어지는 자연 곱슬을 멋스럽게 넘긴 마이클 보네거트 회장은 중후한 멋이 물씬 풍겨오는 매력적인 중년이었다.

태하와 비슷한 키에 조금 마른 체격이었지만 보기 싫을 정도로 살집이 적은 편은 아니기 때문에 오히려 쾌남형으로 보였다.

그는 부드러운 미소로 태하를 맞이한다.

"반갑소. 마이클 보네거트라고 하오."

"카미엘 엑트린입니다."

태하와 악수를 나눈 마이클은 지금까지 그룹과 그룹이 이어질 기회였던 협력 사업에 이뤄지지 않은 것에 대한 유감을 표명했다.

"꽤 많은 러브콜을 보냈는데 번번이 퇴짜를 맞아 우리의 인연은 닿지 않을 줄 알았소."

"죄송합니다. 그룹이 결성된 지 얼마 되지 않았기 때문에 조금 어수선했습니다. 그저 작은 꼬맹이가 하는 소꿉놀이 때문에 차질이 생겼다고 생각해주십시오."

"뭐, 그렇다면 다행이군."

마이클은 태하를 데리고 조금 한적한 2층 연회장으로 향할 것을 청한다.

"조금 조용한 곳에서 얘기를 나눌 수 있겠소?"

"물론입니다."

그는 동생과 딸을 대동한 채 2층으로 향했다.

　　　　*　　　　*　　　　*

　2층 연회장은 초대된 손님이 아닌 가문의 일원들만이 모여 간단한 식사를 즐기는 곳이기 때문에 파티 특유의 번잡함은 찾아볼 수 없었다.

　마이클은 태하와 함께 하바나 산 시가를 피우며 대화를 이어 나갔다.

　"어떻소? 최고급 하바나 시가요."

　"달콤하면서도 묵직하군요. 향이 아주 좋습니다."

　"정확한 감상이로군."

　곧이어 그는 태하에게 파트너 관계에 대한 얘기를 꺼내들었다.

　"듣자 하니 우리 그룹과 베이얼른 가문을 이어 보석사업에 뛰어들 생각이라고 하던데, 특별한 비전이 있소?"

　"확실한 보석의 공급처가 있습니다."

　"공급처라, 어떤 보석들을 취급하는 곳이오?"

　"주고 희귀 보석들을 취급합니다. 15캐럿 이상의 다이아몬드들이 대거 몰려 있다고 하더군요. 물론, 그보다 더 작은 다이아몬드도 많습니다."

　"흠……."

　"보석은 원석도 중요합니다만, 그 세공과 브랜드의 가치 또한 중요합니다. 만약 제가 두 가문과 손을 잡는다면 꽤나 걸출한 사업체가 탄생할 것이라고 확신할 수 있습니다."

"자신감이 넘쳐서 좋군."

"젊음의 패기는 청년의 특권이라고 생각합니다."

"후후, 말의 막힘이 없어서 마음에 드는구려."

마이클은 태하가 자신의 제안을 몇 번이고 흐지부지 무마시켜 마음이 별로 좋지 않았던 모양이다.

하지만 막상 태하와 마주하고 보니 그 화가 조금은 누그러진 모양이었다.

"듣자 하니 또 다른 사업을 추진한다던데?"

"예, 그렇습니다. 에너지 드링크 사업을 펼치고 있습니다."

"에너지 드링크?"

"사막에서도 이 음료수 하나면 죽지 않고 버틸 수 있습니다."

"그게 가능한 일이오?"

"물론입니다. 확실한 아이템을 가지고 있기에 대대적인 투자처를 모집하고 있는 것이지요."

그는 살며시 고개를 끄덕인다.

"그래, 그런 확신들 모여 재화를 만들어내는 것이지."

"아무튼 조만간 회장님께 놀랄 만한 것을 보여드리겠습니다. 기대하셔도 좋습니다."

"후후, 그렇군. 기대하고 있겠소."

이윽고 마이클은 태하에게 내일 있을 골프 내기에 참석할 것을 권했다.

"내일은 창립기념일을 지내고 난 첫 휴일이라 가족들이 모인다오. 괜찮다면 우리와 함께 골프 한 게임 어떻겠소? 아주 오래전부터 내 동생이 초대를 했었다고 하던데."

"물론입니다. 저를 불러만 주신다면 기꺼이 참석하겠습니다."

"그래, 좋소. 그럼 내일은 엑트린 회장과 명승부를 펼칠 수 있으리라 믿겠소."

"실망시키지 않도록 노력하겠습니다."

두 사람은 하바나산 시가가 거의 다 타들어 가도록 얘기를 나누었다.

                    *   *   *

다음날.

태하는 보네거트 가문 소유의 컨트리클럽을 찾았다.

부아아앙—!

직접 자동차를 몰아 로키산맥 초입까지 달려온 태하는 '보네거트 C.C'라고 쓰인 간판 앞에 섰다.

"흠… 이곳이 보네거트 가문의 사유지인가?"

보네거트 가문은 로키산맥 중부에 대량의 사유지를 보유하고 있는데, 이곳에선 계절마다 바꿔가면서 스포츠를 즐긴다.

사유지의 대략 절반 정도는 야생동물이 분포하고 있으며 포획 허가가 나 있기 때문에 총만 있으면 당장에라도 사냥이 가능하다.

그리고 그 절반은 골프나 서바이벌을 즐길 수 있도록 평평한 평지나 서바이벌용 구조물들이 대거 포진해 있다.

이는 보네거트 가문이 상당히 동적인 스포츠를 좋아하기 때문에 만든 것으로, 예전에는 이곳에서 마창 시합이나 경마가 벌어지기도 했었다.

하지만 요즘 세상에 누가 승마를 즐기겠냐는 취지에서 말을 이용하는 경기들을 모두 폐쇄시켜버렸다.

그러나 아직도 마이클 보네거트는 시간이 날 때마다 오프로드 승마를 즐기며 체력을 보충하곤 했다.

다그닥! 다그닥!

태하가 간판을 확인하고 있는데 저 멀리서 말을 탄 마이클 보네거트가 달려오고 있었다.

"이랴, 이랴!"

이탈리아계 종마를 두 차례 계량하여 만들어낸 하이브리드 북미 종마는 그 힘과 체력이 타의 추정을 불허한다.

마이클 보네거트의 종마는 그 하이브리드 종마 중에서도 단연 최고의 가치를 지니고 있다.

푸르르륵!

한차례 투레질로 입에 문 거품을 털어낸 종마가 태하를 바라보며 거친 숨을 몰아쉬었다.

"후욱, 후욱……!"

태하는 말에게 다가가 갈기털을 매만지며 물었다.

"종마가 참 준수하군요. 직접 키우신 겁니까?"

"그렇소. 말에 대해 잘 아시오?"

"아버지께서 가끔 말을 타곤 하셨습니다."

"아아, 부친께서 고상한 취미를 가지고 계셨구려. 지금도 가끔 승마를 즐기시오?"

"…요즘은 꿈에서만 나타나셔서 잘 모르겠습니다. 돌아가신 이후론 근황이 어떤지 찾아뵌 지가 오래되어서 말이죠."

씁쓸하게 웃는 태하를 바라보며 마이클이 아차 싶다는 표정을 지었다.

"…미안하게 되었소. 부친께서 부고하신 줄은 몰랐소."

"아닙니다. 괜찮습니다."

태하는 조금 어색해진 분위기를 인사로 풀어낸다.

"다시 만나 뵙게 되어서 반갑습니다."

"나도 마찬가지요. 그나저나 일찍 오셨구려."

"이곳의 경관이 너무나도 좋다기에 감상이나 하려고 일찍 출발했습니다."

"후후, 잘 오셨구려."

그는 작은 지도를 한 장 건네며 태하에게 말했다.

"빨간색으로 표시된 곳에 주차하고, 관리인에게 말을 달라고 전하시오. 내가 미리 연락을 해두었소."

"저에게 말을 빌려주시겠다는 말씀이십니까?"

"물론이오. 내 손님에게 말을 빌려주는 것이 뭐 그리 대수겠소? 함께 말을 타고 달리면서 사냥이나 합시다."

"좋지요."

어린 시절, 태하는 아버지를 따라서 종종 사냥을 다니곤 했었다.

그때의 김태평 역시 가끔 말을 타고 달리면서 사냥을 했었는데, 그 솜씨가 가히 신기에 가까웠다.

그에게 승마와 사냥을 배운 태하로선 아직 자신의 솜씨가 녹슬지 않았는지 시험해 볼 좋은 기회가 온 것이었다.

*　　　*　　　*

로키산맥의 중턱.

태하의 말이 수풀을 가로질렀다.

"이랴!"

다그닥! 다그닥!

한 손으로 말고삐를 잡은 태하가 좁은 산길을 따라 수사슴을 몰아가고 있던 중이다.

그는 무공을 완전히 배제한 채, 오로지 감과 계산으로만 사슴을 몰아 숨통을 끊으려 최선을 다하고 있다.

철컥!

이윽고 태하는 말고삐에서 손을 놓은 채로 총을 잡고 사슴을 향해 방아쇠를 겨누었다.

"후우……."

"꾸욱, 꾸욱!"

마치 컴퓨터에서 나오는 전자음과 같은 소리를 내며 달리는 사슴의 목덜미를 노리고 있던 태하는 적당한 타이밍을 잡았다.

휘이이잉—!

산등성이를 타고 불어온 바람이 자신의 냄새를 조금 숨겨주었을 때, 태하는 곧바로 방아쇠를 당겼다.

타앙!

엽총은 바람의 영향을 많이 받지만, 사슴이 아직 태하가 화약을 장전했다는 것을 알아채지 못했을 때 발포하기 위해 기다렸던 것이다.

그의 판단은 적중했고, 엽총의 탄환이 수사슴의 목덜미를 꿰뚫고 지나갔다.

피융, 서걱!

"꾸워어어어······!"

"잡았다!"

이제 태하는 사슴을 향해 달려가 몸길이가 3m에 이르는 수사슴의 생사를 확인했다.

"후욱, 후욱······."

"덩치가 생각보다 더 좋군."

저 멀리서 함께 사냥하고 있던 마이클은 그의 총소리를 듣고 사냥감의 유무를 확인하기 위해 달려왔다.

다그닥, 다그닥!

거친 숨을 몰아쉬며 달려온 그는 태하의 작품을 감상하며 박수를 쳤다.

짝짝짝!

"브라보! 역시 내가 보는 눈이 있었군!"

"과찬이십니다."

"이렇게 큰 사슴을 단 일격에 제압하다니, 솜씨가 아주 좋구려."

"아닙니다. 그저 운이 좋았을 뿐이지요."

그는 고개를 가로저었다.

"목덜미에 이렇게 정교한 총상을 냈다는 것은 말 위에서 양손으로 총을 쏘았거나 지상에서 내려와 자세를 잡고 총을 쏘았다는 얘기인데··· 이게 어떻게 운만으로 되는 것이겠소?"

"아버지께 배운 승마술이 도움이 되었던 것 같군요. 너무 오랜만에 총을 잡아서 당황하긴 했습니다만, 다행이도 배운 것이 몸에 배어 있더군요."

"하하, 오랜만에 호적수를 만났군그래!"

"영광입니다."

그는 자신이 잡은 암사슴 두 마리를 보여주며 말했다.

"사냥감이 식기 전에 돌아가서 손질을 합시다. 오늘 골프에는 꽤 많은 사람들이 올 거요. 그때 엑트린 회장의 솜씨를 뽐낼 수 있을 것 같구려."

"감사합니다."

말에 사냥감을 매달고 돌아가는 길, 마이클이 태하에게 물었다.

"이건 좀 개인적인 질문이오만… 기분이 나쁘면 답하지 않아도 좋소."

"아닙니다. 말씀하시죠."

"당신이 우리에게 판매한 그 다이아몬드 말이오, 도대체 어디서 구한 것이오?"

"아아, 핑크레이디 말씀이십니까?"

"그렇소. 그 엄청난 크기의 다이아몬드 말이외다. 그런 다이아몬드는 도저히 이 지구상에선 더 이상 구하기 힘들 것이라는 의견이 대부분이더군. 전문가들이 말하길, 앞으로 그 핑크레이디는 족히 두 배까지 가격이 뛸 수도 있다고 하더구려. 그런 물건을 선뜻 경매에 내어놓다니, 나는 그 원산지가 참으로 궁금하오."

태하는 자세한 말 대신 질문을 한 마디로 일축시켰다.

"저의 사문에서 제공해주었던 물건입니다."

"사문이라면……."

"사부의 가문 말입니다. 정확히 말하자면 사부님의 처가에서 저에게 물건을 제공해 주었지요."

"그렇다면 앞으로도 그 사문에서 보석을 가져다주는 것이오?"

"예, 그렇습니다."

"흠……."

아마도 마이클은 핑크레이디의 출처가 상당히 궁금했을 것이다.

최상품의 다이아몬드를 생산해낸 곳은 그만한 능력이 있으며, 대기업의 이름으로 브랜드까지 창립한다는 것은 앞으로도 엄청난 부가가치를 쏟아낼 수 있다는 뜻이다.

마이클은 태하에게 조금 색다른 제안을 했다.

"혹시 결례가 안 된다면 내가 그 광산에 투자를 할 수 있겠소?"

"광산에 말입니까?"

"사문이라면 투자처를 알아봐 줄 수는 있을 것 아니오?"

"투자라. 저희 브랜드에 투자하시는 것만으로는 부족하십니까?"

"브랜드를 창립하는 것과 광산에 지분을 갖고 채굴하는 것은 엄연히 다른 것이니 말이오."

태하는 마이클이 생각보다 합리적이고 원초적인 계산으로 머리를 굴리는 사람이라는 것을 알 수 있었다.

'어차피 인맥에 인맥으로 이어지는 관계라 이건가? 하긴, 사업은 인맥으로 하는 것이니 다리를 놓아주는 것도 이상한 일은 아닐 테지.'

만약 정말로 사부가 아직 살아 있다면 몰라도 지금 태하에게 사부는 고인이 된 지 오래였다.

하지만 이제 와서 보니 다이아몬드 얘기 때문에 일부러 사냥까지 한 그에게 제안을 돌려서 거절하는 것도 예의는 아닌 것 같았다.

태하는 그에게 아주 가감 없이 말했다.

"죄송합니다만, 저희 사문에선 투자를 받을 처지가 아닙니다."

"처지가 아니다?"

"집안 사정이라서 자세한 것은 말씀드리기가 힘듭니다만, 아무튼 투자처를 소개해주는 것은 조금 힘들 것 같습니다."

"흐흠, 그렇소?"

"하지만 수익배분의 비율로 따지면 결코 손해를 본다는 생각이 들지 않도록 열심히 장사하겠습니다."

"후후, 고맙소. 그리고 이런 부탁을 해서 미안하게 되었소."

"아닙니다. 회장님께서 합리적으로 생각을 하신 것이니 저야말로 한 수 배웠다고 생각하겠습니다."

오늘 사냥으로 태하와 마이클은 여러모로 유익한 시간을 가졌다고 할 수 있을 것이다.

태하는 마이클이라는 사람을 조금 더 알게 되었고, 마이클은 태하가 자신에게 마음의 빚을 지우게 된 셈이었다.

그러니 서로 하나씩 얻어간 시간이라고 할 수 있었다.

*　　　　*　　　　*

원래 골프는 다소 평평한 지형에서 치는 것이 정설처럼 여겨지지만 보네거트 가문의 골프는 조금 다르다.

이들은 산봉우리 하나를 모두 다 벌목하여 잔디를 심어 조금 더 액티브한 환경을 조성하였다.

게다가 이곳은 바람이 상당히 심하게 불기 때문에 어지간한 실력의 골퍼가 아니라면 타수를 내기도 힘들다.

하지만 태하는 알고 있는 수학 지식과 과학 지식을 최대한 이용하여 선전을 펼치고 있다.

이제 경기는 두 번째 홀.

이 근방에서도 가장 악명이 높기로 유명했다.

그러나 바람이 부는 방향을 계산하고 풍속과 타속을 적절히 안배하여 장타를 날리게 되면 충분히 지형을 극복할 수 있을 것이다.

태하는 험준한 이 지형을 극복하기 위해 재빨리 계산을 시작했다.

휘이이이잉—!

'깃발이 저 정도 나부끼면 풍속은 5m/s쯤 되는 것 같군. 게다가 남서풍이 부니 북동향으로 조금 꺾어 치면 충분히 들어가겠어.'

첫 번째 홀에서 이미 바람의 세기를 파악한 태하는 이것을 토대로 수학적 계산과 과학적 계산을 동시에 수행하고 있었다.

한마디로 모든 것을 계산기처럼 기계적으로 계산해 나갔던 것이다.

이윽고 태하는 자신이 원하는 방향을 향해 골프채를 휘둘렀다.

타악!

"굿 샷!"

짝짝짝짝!

태하의 샷은 단 한 타에 그린에서 그린으로 이동하였고 홀 근처까지 왔다.

만약 여기서 태하가 퍼팅을 성공시키게 되면 이글 샷을 성공시키게 되는 셈이다.

첫 홀에서 파(Par)를 기록했으니 이곳에서 이글 샷을 성공시키게 되면 세 번째 홀까지 평균 두 타를 앞서게 되는 셈이다.

이곳까지 오는 동안 다른 사람들은 연속으로 파를 기록하거나 보기(Bogey)를 한 번 범했기 때문이다.

보네거트 가문의 셋째이자 미국 중앙정보부 소속 고위간부 사무엘 보네거트는 태하의 샷이 가히 프로 수준이라며 너스레를 떤다.

"이런 인재가 다 있다니! 도대체 어디서 골프를 배운 겁니까? 혹시 세미프로나 프로인데 정체를 숨기는 것 아닙니까?"

"그럴 리가 있습니까?"

"내기 골프에서 실력을 숨기고 치면 사기 골프인 것은 알고 계시지요?"

"물론이지요. 하지만 저는 그렇게 머리가 좋지 못합니다."

"후후, 농담입니다. 그렇지만 머리가 좋지 않은 것은 아닌 것 같군요."

사무엘은 승부욕이 상당히 강한 사람이기 때문에 일부러 태하의 평정심을 흐트러뜨리려는 수작 같았다.

하지만 이런 그의 실없는 수작 안에는 태하가 어떤 사람인지 떠보기 위한 트릭이 숨어 있었다.

그는 아까부터 태하에게 조금씩 뼈가 있는 농담을 했는데, 대부분 태하가 어떤 사람이고 어떤 생각을 가지고 있는지 알아보기 위한 유도 심문들이었다.

'직업병인가? 아니면 이방인이라서 경계하는 건가?'

마이클과 로빈은 이미 태하에게서 의심을 거둔 상태였지만 그는 쉽사리 긴장의 끈을 놓지 않고 있었던 것이다.

그러나 미국 중앙정보부라곤 해도 태하가 무슨 잘못을 한 사람도 아닌데 괜히 주눅이 들 필요는 없다.

"자, 그럼 갑니다."

따악!

쪼르르르—

태하의 시원스러운 퍼팅에 맞은 공이 약간 곡선을 그리며 홀 안으로 빨려 들어갔다.

땡그랑!

"이야, 굿 샷! 아마추어 내기 골프에서 이글 샷이 나오다니, 대단하구려!"

"감사합니다, 회장님."

"쳇, 오늘은 운이 없었군."

"그럼 다음 홀로 가실까요?"

한 홀에 내기 금액은 천 달러.

한국 돈으론 100만 원에 가까운 돈이 오간다.

하지만 이들은 경기에서 진 것을 그리 억울해 하지 않는 것 같았다.

아니, 오히려 신사답게 현금을 지불하고 다음 경기를 준비하는 마음으로 서로 전략을 나누는 모습이었다.

"오늘 내 현금이 아주 동나겠는데?"

"그래도 형님은 첫 홀에서 공동 선두 아니었습니까? 저는 내리 두 판 연속입니다."

"하하, 그러다 따는 날도 있겠지."

"뭐, 그건 그렇지요."

"자자, 어서 넘어가자고. 오늘은 엑트린 회장이 잡아온 수사슴 고기가 준비되어 있다네."

"오오, 수사슴? 사냥으로 잡은 겁니까?"

"운이 좋았지요."

"손으로 하는 것은 대부분 잘하시는 모양입니다."

승부의 세계를 떠난다면 이 집안 남자들은 모두 시원스럽고 호탕한 성격을 가지고 있었다.

어쩌면 사업적인 부분이 아니라 인간적으로 만남을 가져도 손해는 보지 않겠다고 생각하는 태하였다.

＊　　　＊　　　＊

저녁 시간이 되자 태하는 오늘 자신이 잡은 고기를 이곳 산장에 모인 사람들에게 전부 다 나누어주었다.

치이이익, 지글지글!

숯불로 만든 그릴에 직접 구워 먹는 스테이크의 맛은 보네거트 가의 모든 사람들이 감탄할 정도로 일품이었다.

"이야, 역시 로키산맥의 사슴은 육질이 남달라!"

"사육과는 딴판이로군. 고기는 정말 자연산이 진리야."

"엑트린 회장님, 고맙습니다."

"아닙니다. 별말씀을요."

오늘 이곳에 모인 보네거트 가문의 인사들은 총 30명 남짓, 이들은 모두 각자의 회사를 가지고 있거나 사회에서 꽤나 저명한 위치에 있었다.

개중에는 TV에서 한 번쯤은 보았을 법한 인사들도 꽤 보였다.

마이클은 이 모든 사람들의 앞에서 정식으로 태하를 공개하고 그가 공식적인 사업파트너가 되었음을 공표했다.

그들은 자신들의 모임에 이방인이 들어왔다는 것에 반가움을 표하면서도 묘한 텃세를 부렸다.

"듣자 하니 영국 태생이시라고?"

"예, 그렇습니다."

"영국이라… 우리 가문이 좀 신사적이긴 해도 미국 남부 사람들이라 거칠 겁니다. 오늘 술자리가 괜찮겠어요?"

"물론입니다."

"만약 불편하시면 일찍 들어가 쉬셔도 됩니다. 카우보이는 아무나 되는 것이 아니거든요."

"하하하!"

원래 영국인과 미국인 사이에는 미묘한 신경전이 벌어지곤 하는데, 특히나 영국인이 미국인 무리에 있다면 장난이라도 그 정도가 좀 심해질 수도 있을 것이다.

허나 변호사 출신에 군대에서도 법관을 지낸 태하가 누군가에게 말로 밀리는 일은 있을 수 없다.

"우리 가문도 소를 좀 다루는 편입니다만, 다른 영국 사람들처럼 신사적이진 못합니다. 북부사람들은 전부 바이킹 뺨치는 다혈질이거든요."

"오호!"

"오늘 제대로 적수를 만난 것 같은데요?"

"…그렇군."

만약 마초 냄새가 풀풀 나는 이런 풍경을 싫어하는 사람들이라면 보네거트 가문의 모임에 아예 낄 수가 없을 것이다.

하지만 태하는 마초 집단인 군대에서도 장교로 복무했던 사람이다.

또한, 나름대로 거친 사내들이 우글거리는 집단에서 줄곧 지내왔기에 이런 분위기는 꽤나 친숙한 편이다.

"한잔들 하시지요."

"그럴까요?"

"그럼 새로운 파트너를 위해 건배!"

"건배!"

남자들의 모든 모임은 항상 기승전결이 술로 맺어졌다.

태하는 미국산 럼주와 맥주를 섞어 배가 터질 때까지 들이켰다.

* * *

태하는 늦은 밤까지 얼큰하게 취한 보네거트 가문 사람들과 함께 친분을 쌓았다.

탕탕탕탕!

나무로 만든 드럼통을 사이에 두고 벌이는 팔씨름에서 태하는 벌써 8승을 거두고 있었다.

탁자를 손으로 두드리며 혈전을 종용하는 관객들은 이번에야말로 태하가 패배할 것이라고 생각했다.

"넘겨라! 넘겨라!"

"지지 마라! 내 돈이 아깝다!"

역시 팔씨름에는 내기가 빠질 수 없는 일.

태하는 8승째에서 하늘 높이 벌어진 자신의 배당을 속으로 가늠해본다.

'28 대 2라… 꽤나 짭짤하겠군.'

만약 여기서 태하가 이긴다면 자신을 포함한 2에 판돈을 건 사람이 28명의 돈을 모두 나누어 갖게 된다.

한 판에 거는 돈이 천 달러이니 한 판에 만 4천 달러라는 돈이 들어오는 셈이다.

'이 돈으로 태린이 과자나 사줘야겠군.'

이윽고 태하는 자신의 족히 두 배는 될 법한 팔뚝을 가진 군인 레브스 보네거트 준장을 단 일격에 제압했다.

쿠웅!

"으윽!"

"넘어갔다!"

"오오, 저 괴물 같은 레브스를 굴복시키다니! 대단하군!"

레브스 보네거트는 준장의 직위를 가진 사람이지만 보디빌딩 대회에서 상을 받을 정도로 근육질의 사나이다.

자기 관리가 철저한 사람이니만큼 신체능력에선 단연 최고라 불렸지만 무공을 익힌 태하를 이기기엔 역부족이었다.

그는 이미 사람의 경지를 뛰어넘었기에 레브스 같은 사람이

한 트럭 덤벼도 태연하게 이길 수 있다.

하지만 레브스는 태하가 분명 자신과 자웅을 겨루었다고 굳게 믿고 있었다.

"대단한 청년이군! 나중에 기회가 된다면 한 판 더 합시다!"

"물론입니다."

"좋은 승부였어……."

할 수 있다면 1초 안에 모든 남자들을 다 굴복시킬 수 있는 태하였지만, 그렇게 했다간 자존심이 상해 더 이상 팔씨름을 하지 않을 것이다.

태하는 그 분위기까지 생각하여 일부러 한 판에 대략 15초에서 20초가량 시간을 끌고 있었다.

또한, 넘어갈 듯이 넘어가지 않으면서 흥미를 돋우고 있었다.

"자자, 또 다른 도전자 없나?"

"나, 나요!"

"여기도 있습니다!"

이러다간 오늘 태하와 모두 함께 자웅을 겨루게 생겼다.

두 시간 후, 태하는 가문의 모든 남자와 팔씨름을 하여 한화로 5천만 원이 넘는 돈을 벌었다.

만약 아르바이트라면 이렇게 짭짤한 곳도 없을 것이다.

하지만 태하는 이곳에 돈을 벌기 위해 온 것이 아니라 자신의 사업 때문에 온 것이었다.

이미 보네거트 가문에서 보석 사업에 동참하기로 한 것은 공인된 사실이었으나, 음료수 사업은 공표된 것이 아니었다.

태하는 자신의 사업을 밀어줄 사람들을 탐색하기 위해 일부러 지금까지 남아 있었던 것이다.

무려 하루를 꼬박 투자했지만 그만한 성과는 충분하다고 볼 수 있었다.

"흠… 신체 온도를 낮춰주는 음료수와 저체온 방지 음료수라……."

"지금 미국 식약청 승인을 기다리고 있습니다. 하지만 좀처럼 연락이 오질 않네요."

"그거야 내가 해결해 드리리다."

"저, 정말이십니까?"

"물론이오. 그게 뭐 어려운 일이라고?"

이곳에 모인 사람들이 힘을 합치면 식약청의 허가는 문제도 아니다. 그래서 태하는 일부러 그들의 관심을 모으려던 것이었다.

그러나 후원자를 찾기란 쉽지가 않다.

"흠, 승인이 난다고 칩시다. 한데 그것만으로 무슨 사업을 하겠다는 겁니까?"

"좋은 마케팅 수단을 염두해 두었습니다."

"마케팅수단이라. 무슨?"

"음료수만으로 고비사막을 건널 겁니다."

"뭐, 뭐요?"

순간, 태하와 함께 술을 퍼마시던 보네거트 가문 사람들이 동시에 그를 바라본다.

"…그건 자살행위요."

"아닙니다. 가능합니다.

"도대체 무슨 수로 사막을 횡단한다는 겁니까?"

"제가 발명한 음료수들은 체온을 낮추고 체력을 회복하는데 탁월한 효능을 가지고 있습니다. 주기적으로 음료수만 제공된다면 충분히 건널 수 있습니다."

"그래도 그렇지, 포카리스웨트 한 병 들고 사막을 횡단하는 것과 뭐가 다릅니까?"

"뭐, 좋습니다. 그렇다면 지원자는 있겠습니까?"

태하는 아주 당연하다는 듯이 말했다.

"제가 갑니다."

"뭐, 뭐요?"

"제가 음료수와 육포만 들고 사막을 횡단할 겁니다."

"허, 허어!"

"말도 안 되는 일이오!"

"말이 됩니다."

가만히 이들의 얘기를 듣고 있던 마이클이 불현듯 말했다.

"그럼 내기를 하던지."

"내기요?"

"엑트린 회장이 횡단에 성공하면 그대들이 투자를 해주면 될 것 아닌가?"

"으음, 그것도 괜찮은 방법이군."

"하지만 사람의 목숨이 걸려 있습니다. 함부로 결정할 일은 아니죠."

"뭐, 그거야 당사자가 결정할 문제고. 어떻소, 의향이 있소?"

태하는 곧바로 고개를 끄덕인다.

"물론입니다. 보네거트 가문에서 우리 히트 프로젝트를 밀어주신다면 영광이지요."

"좋소. 그럼 내기는 성사된 것이군."

이로서 태하는 예비투자자들을 섭외하게 된 셈이었다.

2. 밀접한 관계

며칠 후, 보네거트 가문의 말대로 식약청 허가가 떨어졌다.

이제 히트 프로젝트는 수요자만 있다면 마음껏 만들어 팔아 먹어도 된다는 소리였다.

BS(Blue Sky)그룹은 귀금속 브랜드 블루 드래곤을 론칭하면서 함께 히트 프로젝트의 생산업체인 BS음료를 론칭했다.

하지만 이제 막 생겨난 음료수가 미국시장을 뚫고 들어가기란 쉽지 않은 일이었다.

한 해에 미국 시장에 쏟아져 나왔다가 사라지는 음료수의 종류만 해도 무려 2천 개가 넘는다.

그중에선 아예 시중에 나오지도 못하고 사라지는 음료들이 천지다.

그런 미국시장에서 히트 프로젝트가 성공하기 위해선 조금 더 공격적인 마케팅 전략이 필요할 것이었다.

라일라는 수뇌부 회의에서 마케팅 방법에 대해 논의하는 의견들을 조합하고 있었다.

"올림픽 선수들에게 음료수를 후원하는 것은 어떻습니까?"

"그건 불가능합니다. 이미 협회에서 후원 업체를 다 정해놨을 겁니다."

"흠… 그렇다면 이종격투기나 영국 프리미어리그 같은 경기는 어떻습니까?"

"그곳도 역시 레드오션입니다."

그런 그들에게 태하는 단 한마디로 모든 상황을 정리해버린다.

"음료수를 들고 고비사막을 건넌다."

"어딜 건넌다고요?"

"고비사막 말이다. 예로부터 고비사막을 오아시스 없이 건넜다가 죽은 상인들이 수두룩해. 그 정도로 고비사막은 악명이 높지. 하루에 열두 번도 더 넘게 모래 폭풍이 불고 폭염이 쏟아진다고. 물론 밤에는 사람이 버틸 수 없을 정도로 춥지."

"그런 미친 짓을 도대체 누가 한단 말입니까?"

"누가 하긴? 자네들과 내가 하는 거지."

"……"

순간, 라일라를 비롯한 경영진이 딱딱하게 굳은 표정으로 태하를 바라본다.

"…지금 저희가 잘못 들은 것이지요? 저희가 어디를 건넌다고요?"

"고비사막을 건넌다고 했다."

"마, 말도 안 됩니다! 어떻게 사람이 고비사막을 건너요!"

"오프로드를 차로 건너는 건가요?"

"아니다. 직접 도보로 건너는 거다."

"……"

"사람이 직접 히트 프로젝트에 대한 성능을 시현해낸다면 이보다 더 좋은 광고는 없겠지."

"그러다 사람이 죽으면요?"

"안 죽는다. 내가 그렇게 내버려 두지 않아."

"허, 허어!"

"아무튼 가기 싫은 사람들은 가지 않아도 좋다. 하지만 한 가지만 명심해라. 이번 프로젝트가 망하면 보네거트 가문과의 사이도 그리 순탄하게 흘러가진 않을 거야."

"왜, 왜 그렇습니까?"

"우리 BS그룹의 후원자로 그들이 나서기로 했었거든. 물론

이번 사막 횡단이 성공하면 말이지."

"……!"

"보네거트 가문은 아직 우리와 파트너 관계 그 이상을 바라보지 않는다. 하지만 이번 횡단에서 성공하면 파트너 그 이상을 바라볼 수 있게 된다. 어때?"

"그, 그건……."

"내일까지 생각해서 명단을 제출할 수 있도록. 라일라."

"예, 보스."

"자네는 지금 당장 영국 공영방송으로 가서 생존 프로그램의 PD를 만나도록 해. 그쪽에 연줄이 있다는 소리를 들은 것 같아. 맞나?"

"그렇긴 합니다만……."

"가서 우리 프로젝트에 대해 전하고 촬영을 부탁해."

"사람이 죽을 수도 있다며 촬영을 거부할 수도 있습니다만?"

"그럼 될 때까지 설득해. 안 되면 내가 한다."

"예, 보스. 알겠습니다."

라일라는 곧바로 회의실을 나섰고, 남은 수뇌부들은 충격에 휩싸여 있었다.

*　　　*　　　*

영국의 공영방송사 YBC의 앞, 라일라는 최근 생존 프로그램을 수차례 히트시켰던 존 엘런스를 만나고 있다.

존 엘런스는 라일라와는 중동에서 인연을 맺은 사이다.

라일라가 핫산의 비서실장으로 있던 시절, 그녀는 그룹의 홍보를 위해 몇 차례 그와 접촉을 가졌었다.

그때 그녀는 아라바트 그룹의 홍보를 생존 프로그램을 통해 전 세계로 전파했었다.

그 당시, YBC의 생존 프로그램 '서바이벌'은 전 세계 150개국으로 수출이 될 정도로 그 파급력이 대단했다.

라일라는 중동계 엔지니어를 프로그램에 함께 동행시켜 인도의 정글에서 살아남도록 연계시켰다.

그 결과, 아라바트 그룹에서 발족시켰던 사업이 단박에 승승장구했었다.

라일라는 이번 히트 프로젝트 역시 이들 프로그램과 연계시켜 150개국으로 송출시키도록 하려는 것이었다.

존 엘런스는 그녀의 제안을 받으면서도 연신 반신반의하는 눈치다.

"그러니까… 고비사막을 도보로 횡단하는데, 육포와 히트 프로젝트라는 음료수만 지급하겠다는 것이군요?"

"말하자면 그렇습니다."

"…이것 참."

그는 라일라의 제안이 다소 황당하면서도 현실성이 없다고 지적한다.

"이봐요, 라일라. 우리 서바이벌은 생존 프로그램이지, 사람이 얼마나 오래 살아남는지 시험하는 프로그램이 아닙니다. 뭘 잘못 아시는 것 아닌가요? 그리고 그런 임상 시험이라면 자사에서 충분히 할 수 있는 부분 아닙니까?"

"임상 시험이 아닙니다. 이제 식약청 승인만 받으면 그 효과는 분명히 나타날 겁니다. 그전에 홍보를 하려는 것이지, 효과에 대한 임상 시험은 아닙니다. 더군다나 히트 프로젝트가 약품도 아니고요."

"…그러니까 더 말이 안 된다는 겁니다. 약품도 아니고 건강 보조 식품도 아닌 이것을 믿고 고비사막을 건넌다고요? 그게 말이나 됩니까?"

"말이 되니까 당신을 찾아온 것 아니겠어요?"

존 엘런스는 답답하다는 듯이 말했다.

"이봐요, 라일라. 당신들 입장에서야 사막 한가운데서 사람 한 명 죽는 것은 우습겠지만, 우리는 그렇지 않아요. 방송 촬영 도중에 사람이 죽으면 도대체 몇 사람의 목이 날아갈 것 같아요?"

"…우리도 사람 목숨 가볍게 여기는 그런 사람들 아닙니다."

"그런데 이 프로젝트를 그냥 이대로 속기시키자고요?"

"그만한 믿음이 있으니 내가 이렇게까지 우기는 것 아니겠습니까? 당신, 나에게 대해서 조금이라도 안다면 이 상황을 이해할 수 있을 텐데요?"

"사람은 언젠간 변하는 법이죠."

"……."

존 엘런스는 더 볼 것도 없다는 듯이 자리를 박차고 일어섰다.

"아무튼 저는 이만 가보겠습니다. 더 이상 듣고 있을 자신이 없네요."

"…정말 이러실 겁니까?"

"네, 물론이죠. 저는 방송을 만드는 사람이지, 시험을 하는 과학자가 아닙니다. 명심하세요."

"이대로 가시면 후회하실 텐데요?"

"차라리 후회하겠습니다. 멀쩡한 사람을 죽이는 일은 할 수 없으니까요."

"……."

존 엘런스를 떠나보낸 라일라는 그 자리에 가만히 앉아 생각에 잠겨버렸다.

*　　　　*　　　　*

늦은 밤 영국 런던의 한 고급 술집에서 청년 한 명이 술에 취해 걸어 나왔다.

"딸국! 크흑, 좋구나!"

거나하게 취한 그는 습관처럼 핸드폰을 들어 자신의 SNS를 확인해본다.

SNS에는 유명 생존 전문가인 그를 찬양하거나 흠모하는 사람들이 줄줄이 댓글을 달아 놓았다.

그는 이내 다시 핸드폰을 들어 자신의 사진을 찍었다.

찰칵!

그리곤 얼굴이 새빨개진 그의 사진을 SNS에 올렸다.

사과 같이 달아오른 내 얼굴, 조금 못생겼군.

그러자, 사람들은 실시간으로 그의 SNS에 댓글을 달며 폭발적인 조회수를 기록해준다.

그는 언젠가부터 사람들의 관심을 받고 사는 것이 익숙해졌다.

그리고 지금의 이 생활을 언제까지 계속되지 않을 수도 있다는 불안감 때문에 조금씩 인기에 대한 압박이 생기기 시작했다.

"…부질없다는 것은 알지만 어쩔 수 없지."

두꺼운 가면 뒤에 숨어사는 자신의 모습이 처량하게 느껴지는 그이지만, 이 역시 생존 수단에 하나인 것이다.

"후우……."

술집에서 나왔으니 이제 혼자 사는 집에 들어가 곤히 잠을 잘 차례다.

하지만 그런 그에게 흔치 않은 인연이 찾아왔다.

툭!

"어머나……."

술집 앞을 지나가던 한 여자가 그와 어깨가 마주치면서 살며시 바닥에 쓰러져 버린 것이었다.

그는 재빨리 그녀의 손을 잡아 일으켜 주었다.

"괜찮습니까? 다치지 않았어요?"

"괜찮아요."

그의 손을 잡고 일어선 그녀는 청년의 얼굴을 알아보았던지, 기쁘게 손뼉을 친다.

"어머나! 혹시 생존 전문가 데이브 베릴슨 아니신가요?"

"하하, 저를 아십니까?"

"물론이죠! 팬이에요!"

"영광입니다. 당신처럼 아름다운 여성이 제 팬이라니, 믿어지지 않는군요."

"후후, 과찬이세요."

"아닙니다. 저는 당신이 날개를 잃은 천사인 줄 알았습니다."

"…그래요?"

얼굴이 조금 붉어진 데이브 베럴슨은 자신의 팬임을 자처하는 여성에게 술자리를 권했다.

"저와 함께 한잔하시겠습니까? 제가 한잔 사겠습니다."

"어머나, 정말요?"

"그럼요! 무슨 술을 좋아하십니까?"

"저는 칵테일이 좋아요."

"좋습니다. 칵테일을 마시러 갑시다."

이윽고 데이브 베럴슨은 그녀와의 데이트를 즐기기 위해 술집으로 향한다.

거리에서 만난 그녀는 꽤나 술이 센 편이었다.

벌써 세 시간째 쉬지 않고 술을 마시고 있음에도 불구하고 그녀는 여전히 멀쩡한 정신으로 일관하고 있었다.

이제 슬슬 한계에 도달한 데이브 베럴슨은 흔들거리는 앞을 주채하지 못한 채 비틀거리기 바쁘다.

"딸꾹! 수, 술이 세군요!"

"제가 원래 한 술 해요. 제 고향에선 이 정도 술은 반주로 마시기에도 적다고 하거든요."

"그, 그렇군요……."

데이브는 삼일 후에 있을 촬영을 생각하여 이쯤에서 일어서

기로 한다.

"더, 더 이상 마시면 안 될 것 같습니다. 삼일 후에 서바이벌 촬영이 있거든요."

"당신은 생존왕인데 삼일 후에 있을 촬영을 겁내요?"

"겁이 나는 것이 아니고 완벽을 기하고 싶은 겁니다."

"…실망이네요."

백인과 흑인의 혼혈로 보이는 그녀의 완벽한 몸매와 관능미 넘치는 얼굴. 그는 더 이상 앞일을 생각할 수 없었다.

"아, 아닙니다! 저는 촬영이 무섭지 않아요!"

"그럼 한 잔 더 할 수 있어요?"

"무, 물론이죠!"

"좋아요. 오늘 한번 죽을 때까지 마셔보자고요."

"좋습니다! 원샷!"

두 사람은 코가 비뚤어질 때까지 술을 퍼마셨다.

*　　　　*　　　　*

다음 날, 데이브 베럴슨은 깨질 듯한 머리를 부여잡으며 자리에서 일어섰다.

"크, 크윽……."

지금까지 대략 5년 정도 서바이벌이라는 프로그램을 진행해

오면서 그는 일주일 전에는 무조건 금주한다는 철칙을 세워두 었었다.

하지만 어제는 오랜만에 대학 동창들을 만나는 바람에 어쩔 수 없이 술자리를 갖게 되었다.

그러나 문제는 동창들과의 술자리가 아니었다.

"어제 그녀와……."

백인의 이목구비에 흑인의 구릿빛 피부가 아주 적절하게 섞 여 매혹적인 그녀와 술자리를 가졌던 데이브는 어느 순간부터 기억이 나질 않았다.

도대체 그녀와 얼마나 술을 마신 것인지, 또 술을 마시고 어 디를 쏘다닌 것인지 알 수가 없었다.

"제기랄, 어서 일어나서……."

그러나 문제는 그것뿐만이 아니었다.

뚜둑!

"끄흑!"

자리에서 일어서려던 그는 자신의 갈비뼈와 어깨, 그리고 손 목과 발목이 모두 다 움직이지 않음을 알 수 있었다.

한마디로 그는 지금 전신에 골절을 입어 도저히 한 발자국도 움직일 수 없는 상태였던 것이다.

"……."

도대체 술을 얼마나 퍼마셨으면 전신에 골절이 날 때까지 아무엇도 몰랐던 것일까?

잠시 후, 의사와 함께 서바이벌의 PD 존 엘런스가 들어선다.

드르르륵!

"미닫이… 이곳은 다름 아닌 병원이었던 모양이군."

"그래요, 맞아요. 이곳은 병원입니다. 환자분, 이제 정신이 좀 드십니까?"

"…네, 아주 말짱합니다."

존 엘런스는 한심한 눈으로 데이브를 바라본다.

"데이브, 이게 도대체 어떻게 된 일입니까? 아무리 술이 좋아도 그렇지 전신 골절을 입을 때까지 뭐 했습니까?"

"미안합니다. 나는 그저 기분이 좋아서……."

"후우, 기분이 좋다고 해서 뼈를 다 부러뜨리는 사람이 어디 있어요?"

"…할 말이 없군요."

의사는 데이브의 상태를 한마디로 일축시켜 통보한다.

"허벅지 골절에, 어깨 연골 파손, 허리 근육 파열 등 병명을 이루 표현하기도 힘듭니다. 한 마디로 전신골절입니다."

"……"

"앞으로 최소한 6개월은 푹 쉬어야 할 것 같은데요?"

"그, 그게 무슨 말도 안 되는 소리입니까! 6개월 동안 쉬면 프로그램은 누가 진행합니까?"

"대타를 구하시지요. 그게 유일한 방법인 것 같네요."

"……"

존 엘런스는 답답한 마음에 병실을 나가버린다.

"…푹 쉬세요. 아주 평생 쉬세요!"

"아, 아니, 이봐요!"

쾅!

문을 닫고 나가버린 존 엘런스에게 데이브가 마지막 힘을 쥐어짜내 외친다.

"난 슈퍼맨입니다! 금방 나을 수 있어요!"

하지만 존 엘런스는 데이브의 터무니없는 말을 더 이상 듣지 않았다.

*　　　　*　　　　*

존 엘런스는 서바이벌 촬영 이틀 전 라일라가 일하고 있다는 BS그룹을 찾았다.

블루스카이 빌딩 앞에서 무려 네 시간이나 라일라를 기다린 그는 서서히 다리가 아파왔다.

"젠장, 이거야 말로 완벽한 상황 역전이로군."

서바이벌은 전 세계적으로 가장 인기가 높은 생존 프로그램인 만큼 그 사회자에 대한 인기 또한 상당히 높다.

그런 가운데 사회자를 빼놓고 프로그램을 녹화했다간 시청률이 떨어질 것은 자명한 일이었다.

하여, 존 엘런스는 비록 사람이 죽더라도 조금 더 리얼하고 치열한 영상을 확보하기를 원했다. 그래서 네 시간의 기다림도 마다하지 않고 라일라를 찾아왔던 것이다.

정확히 네 시간 30분을 기다린 끝에 라일라가 빌딩 문을 열고 나왔다.

"무슨 일이시죠?"

"라일라! 저번에 말씀했던 그 도전 말입니다, 그거 그냥 합시다!"

"무슨 말씀이세요?"

"고비사막 넘는 프로젝트 말입니다! 그 프로젝트, 제가 연출하겠습니다! 그리고 영상을 전 세계로 송출해 드릴게요!"

라일라는 이내 고개를 가로저었다.

"…BS그룹이 그렇게 만만한 회사 같나요? 우리더러 촬영 이틀 전에 찾아와 허락을 구하면 저희가 당신들의 일정에 따라서 찍어야 하나요?"

"미안합니다… 하지만 깊게 생각을 해보니 당신들 말고는 이 프로그램의 적임자를 찾을 수가 없어요."

"그럼 계속해서 찾아보세요. 찾다 보면 나오겠죠. 그럼 이만……."

"자, 잠깐! 잠깐만요!"

"무슨 일이시죠?"

"그렇다면 내가 당신들에게 특혜를 줄게요!"

"특혜?"

"우리 프로그램 중간에 당신들의 음료수가 직접 노출되도록 할 겁니다. 어때요?"

"간접광고를 하겠다는 말씀이시군요?"

"직, 간접 광고들을 모두 이용할 수 있도록 해드리죠. 그리고 막간에 이어지는 광고 역시 BS그룹에서 독점할 수 있도록 해드리고요."

"흠, 그렇다면……."

"부탁 좀 합시다!"

라일라는 그제야 고개를 끄덕인다.

"좋아요. 그렇다면 한번 고려해보죠."

"고맙습니다!"

"오늘 오후까지 기다려요. 계약서를 작성해야 하니까요."

"알겠습니다!"

그는 라일라의 말대로 회사 근처에서 또다시 5시간을 기다려야 했다.

*   *   *

BS그룹 회의실 안, 이번에 고비사막을 횡단하는 사람들의 명단이 결정되었다.

생존 전문가에 가까운 에밀리아와 멜리사가 태하를 따르기로 했고, 나머지 인원들은 남아서 회사를 경영하도록 했다.

에밀리아는 고비사막을 횡단하는 일이 아주 신나고 재미있을 것이라며 너스레를 떨었지만, 멜리사는 아닌 것 같았다.

그녀는 다른 것은 몰라도 태하와 함께 하는 한 달이 너무 괴롭고 지루할 것이라고 생각하고 있었다.

하지만 회사에서 결정된 일이니 따를 수밖에 없는 두 사람이다.

그녀들과 태하는 서바이버의 PD 존 엘런스를 만나 앞으로의 일정에 대해 전해 들었다.

"당장 이틀 후에 고비사막으로 떠납니다. 필요한 준비는 우리 쪽에서 다 알아서 하겠습니다."

"준비랄 것이 뭐 있습니까? 물통 몇 개 들어갈 가방과 침낭하나면 충분하지."

"뭐, 그밖에도 불도 피워야 하고 물도 끓여야 할 것 아닙니까?"

"괜찮아요. 어차피 밖이라 씻지도 못할 것이고, 밥을 먹기도힘들어서 육포로 해결하는 날이 더 많을 겁니다."

"그래요? 그렇다면 오히려 더 좋고요."

멜리사는 떨떠름한 표정으로 태하에게 말했다.

"…꼭 가야 하는 겁니까?"

"가기 싫으면 안 가도 좋아."

"그럼 대신 누가 가나요?"

"라일라가 가겠지?"

"그냥 제가 갈게요……."

태하는 그녀의 어깨를 두드리며 말했다.

"아주 흥미로운 여행이 될 거야. 내, 장담하지."

"…장담은 무슨, 죽이지나 말아요."

"후후, 그건 걱정하지 마."

"……"

이로서 음료수와 육포만으로 고비사막을 횡단하는 사상 초
유의 프로젝트가 실행되었다.

*   *   *

5월의 초입이 되자 이제 날씨는 제법 후덥지근한 초여름 날
씨로 향해 가고 있었다.

태하와 두 명의 여인들은 아주 단출한 차림으로 영국 런던공
항에 모여들었다.

"……."

"괜찮나?"

"…별수 없지요. 보스께서 고생하지 않으시려면 내가 가야 하는 것은 당연한 일인데."

"뭐, 좋아. 하지만 이번 여행이 자네들에게도 꼭 좋은 일이 될 것이라고 믿어 의심치 않네."

"제발 그랬으면 좋겠군요."

여전히 뻐딱한 태도의 멜리사에게 에밀리아가 말했다.

"좋게 생각해. 네가 사막을 싫어한다는 것을 잘 알고 있지만, 그것은 어디까지나 개인적인 취향일 뿐이야. 그룹을 생각하라고."

"…고맙군요."

이윽고 YBC의 촬영팀 네 명이 태하 일행을 향해 다가왔다.

"반갑습니다. 좋은 꿈 꾸셨습니까?"

"그럭저럭이죠. 뭐 특별한 것이 있겠습니까?"

"하하, 우리 숙녀께선 아주 날이 바짝 섰군요."

존 엘런스는 세 사람에게 촬영팀에서도 처음 보는 사람 두 명을 소개했다.

"애초에 말씀드렸다시피 우리 프로그램은 카메라맨과 PD, 단 두 명만 함께합니다. 하지만 오늘은 비전문가인 여러분들이 서바이벌에 참여하는 것이기 때문에 전문가를 초빙할 수밖에 없었습니다."

"전문가요?"

"한 분은 지질학자이시고, 다른 한 분께서는 기상학자이십니다. 그러니까, 사막에서 살아남는데 필요한 지형적 특성과 기후적 특성을 여러분들께 조언해 주신다는 뜻이죠."

"그럼 이분들께서도 함께 생존을 경험하시는 것입니까?"

"물론이죠. 이번 여행은 카메라맨도 함께 생존을 하게 됩니다. 그래서 음향 장비고 뭐고 아무것도 가지고 온 것이 없지요. 오로지 녹화 기능이 내장된 디지털카메라 한 대만 보유하고 있을 뿐입니다."

그는 최신형 카메라를 태하에게 내밀며 말했다.

"기왕지사 PPL을 하려면 제대로 해야지요. 프로그램 하나를 땜빵하는 것에 그치지 않고 또 하나의 수익을 거두는 겁니다."

"…그래서 목숨을 걸고 카메라맨과 PD까지 함께하자는 것이군요."

"뭐, 그렇다고 할 수 있지요."

지금까지 존 엘런스는 그 많은 오지를 다니면서 한 번도 생존에 참여했던 적이 없었다.

그러나 이번 녹화에는 스타 생존 전문가가 빠졌으니 자신을 희생해서라도 이슈와 광고를 한 번에 잡으려는 것이었다.

만약 이번 프로젝트가 고꾸라진다고 해도 PPL 하나를 건진다면 충분히 남는 장사가 될 것이라고 생각한 것이다.

"아무튼 당신들에겐 아주 소중한 사람들이 될 겁니다. 인사하십시오. 지질학자 왕춘풍 교수님이십니다."

"반갑습니다. 북경대학교 지질학과 교수 왕춘풍입니다."

180㎝가량 되는 키에 다소 후덕한 몸을 가진 왕춘풍은 오지탐험과는 딱히 가까워 보이지는 않았다.

에밀리아는 왕춘풍을 바라보며 물었다.

"함께 가서도 괜찮겠어요? 중간에 퍼지면 우리만 더 힘들 것 같은데."

"하하, 별 걱정을 다 하시는군요! 이래 뵈도 아마존을 혼자만의 힘으로 횡단한 사람입니다. 사막쯤은 별것 아니죠."

"…제발 그랬으면 좋겠네요."

이윽고 존은 흑청색 머리카락의 여성을 가리키며 말했다.

"이분은 기상학자 카트리나 심슨 교수님입니다."

"반가워요. 카트리나라고 불러주세요."

왕춘풍과는 대조되는 아주 탄탄한 몸매에 강인한 인상을 가진 그녀는 흡사 아마존의 여전사를 연상시키는 외모를 가졌다.

존은 그녀가 아주 특별한 이력을 갖고 있음을 시사했다.

"심슨 교수님께선 캐나다 경찰특공대에서 5년 동안 근무하신 경력이 있습니다. 그 이후엔 사막과 북극을 두루 거치면서 지금의 커리어를 완성시켰습니다. 캐나다에선 아주 저명한 학자이십니다."

"그렇군요."

"그리 잘난 경력은 아니죠. 이 세상에 특수부대 나온 사람이
어디 한둘이겠어요?"

에밀리아와 멜리사 역시 특이하기론 둘째가라면 서러운 사람
들이었으나 그냥 이쯤에서 입을 다물었다.

굳이 자신에 대해서 드러낼 필요는 없었던 것이다.

"아무튼 모두들 만나서 반갑습니다. 부디 이번 여정이 아무
런 탈 없이 끝났으면 좋겠군요."

"이하동문입니다."

이제 이 일곱 명은 당분간 생사고락을 함께하게 될 것이다.

*　　　*　　　*

늦은 오후, 런던 공항을 떠나는 비행기를 따라 한 사내를 태
운 자동차가 개인 전용기 이륙 활주로를 향해 들어섰다.

부아아앙—!

그의 자동차에는 흰색 사자가 수놓아져 있었는데, 이는 영국
최고의 부호 라이오니스 가문을 상징하는 앰블럼이다.

이윽고 활주로 안에 위치한 비행기 앞으로 자동차가 다가와
멈추어 섰다.

위이잉!

자동차의 문은 자동으로 열려 굳이 사람이 손을 쓸 필요가 없었다.

"중국행 비행기는 떠났나?"

"예, 마스터."

"좋아, 그럼 우리도 약간의 시간차를 두고 그 비행기를 따라간다."

"알겠습니다. 그리 하겠습니다."

사내는 마치 수사자를 보는 것처럼 아주 화려한 금발을 치렁치렁 길게 늘어뜨리고 있었는데, 그 자태가 가히 절세가인과 견주어도 손색이 없을 정도였다.

하지만 검은색 수트 안에는 탄탄한 몸이 자리 잡고 있어 몸에 딱 달라붙는 옷을 입어도 태가 죽지 않았다.

한마디로 그는 미남, 아주 예쁘게 생긴 남자들 중에서도 으뜸이라는 소리였다.

"선장."

"예, 마스터."

"DMS그룹에선 어떻게 움직이고 있나?"

"프락치를 보낸 것 말고는 별다른 움직임이 없습니다."

그는 프락치라는 단어에 유난히도 민감하게 반응한다.

"…찜찜하군. 도대체 우리의 계획을 어떻게 알고 프락치를 심어놓은 것이지?"

"아직 우리가 이 일에 관련되었다는 사실을 저들이 눈치챘다는 증거는 없습니다. 단순한 우연이 아니겠습니까?"

"우연치고는 너무 일이 크지 않나? 다름 사람도 아니고 김태하 회장이다. 왜 하필이면 가만히 있다가 김태하 회장에게 줄을 대었겠나?"

"너무 크게 신경 쓰실 필요는 없다고 봅니다."

"흠……."

고민에 빠져 있던 사내에게로 한 여성이 다가온다.

"마스터, 교수에게 연락을 해놓았습니다. 이제 곧 출발하셔야 할 것 같습니다."

"알겠네. 그만 가도록 하지."

총 20명으로 구성된 일행들은 이제 10인승 전용기를 타고 고비사막으로 향했다.

3. 사막 횡단

　몽골 울란바토르 공항을 떠나 고비사막 초입으로 들어가는 골목에는 조금 황량한 바람이 불고 있다.

　휘이이잉—!

　연간 강수량이 150㎖에 달하는 고비사막은 주로 여름에 비가 집중적으로 내린다.

　하여, 여름이면 초목이 우거지지만 그 이외의 기후는 대게 고온이거나 저온을 유지하고 있다.

　특히나 하루의 일교차가 상당히 심하기 때문에 동절기로 접어들었을 때엔 영하 50도까지 기온이 급감하기도 한다.

사람들은 고비사막에서 5~6월에 마라톤 대회를 개최하는데, 그것은 사람이 달릴 수 있는 길에서만 이뤄진다.

태하처럼 1,600㎞에 이르는 대장정을 계획하는 사람들은 그리 많지가 않다.

또한, 고비사막은 대부분이 암석으로 이뤄져 있지만 전 지역이 모래로 이뤄진 죽음의 땅도 있다.

거기에 사막의 서부는 기후가 상당히 고온건조하기 때문에 어지간한 사람들은 건널 생각조차 하지 않는다.

그리고 가장 중요한 한 가지, 이곳에선 모래 폭풍이 하루에도 몇 차례씩 거듭된다는 것이다.

고비사막에서 불어 닥친 모래바람이 태평양을 지나 미국까지 닿는다는 점을 생각해보면, 그 양은 엄청나다고 할 수 있다.

태하는 이런 고비사막 초입에서 짐을 풀고 본격적인 여행을 시작하기로 한다.

"카메라 키고 지금부터 촬영을 시작하시죠."

"그럼 그럴까요?"

오늘의 진행은 PD가 직접 진행하게 될 것이다.

그는 태하에게 페이드인을 부탁했다.

"제가 신호를 주면 손뼉을 쳐서 페이드인을 해주십시오."

"알겠습니다."

태하는 이번 프로그램의 이름을 외치며 페이드인에 들어간다.

"고비사막 생존기, 하이, 큐!"

탁!

이제부터 태하를 비롯한 일곱 사람은 서로 한 팀이 되어 생존을 시작하게 될 것이다.

고비사막의 5월은 벌써부터 찜통더위가 시작되어 도저히 눈을 뜨고 다닐 수 없을 정도였다.

째앵—

"허억, 허억……."

지질학자 왕춘풍은 이곳의 지형들 중에서 동부가 그나마 가장 다니기 좋은 곳이라며 그녀들을 독려한다.

"벌써 힘이 들면 어쩌라는 겁니까? 앞으로 갈 길이 구만리인데."

"…더운 것은 더운거지, 뭘 어쩌라는 거죠?"

"벌써부터 힘이 빠지면 생존에 실패할 수도 있다는 겁니다. 그렇게까지 날을 세울 필요는 없어요."

"다음 체크포인트까지는 죽어도 도착할 테니 걱정할 필요 없어요……."

"뭐, 그렇다면 다행이고요."

이번 생존의 개요는 이러하다.

고비사막의 동부를 출발한 횡단 팀은 대략 30㎞마다 음료수와 육포를 충전할 수 있는 체크포인트를 밟게 된다.

그전에는 물이 떨어지든 말든 제작진은 신경을 쓰지 않는다.

아니, 체크포인트 자체가 이미 제작진이 미리 만들어놓은 간이 시설이기 때문에 신경 쓸 제작진도 없다.

한마디로 누가 이들을 도와주지도 않으며 행여나 잘못된다고 알아줄 사람도 없다는 뜻이었다.

핸드폰 역시 영상 50도가 넘는 폭염에 폭발할 수 있기 때문에 작은 무전기 하나로 연락해야 한다.

만약 체크포인트를 지나치거나 길을 잘못 들어서 체크포인트를 찾지 못하게 되면 물을 얻지 못해 죽을 수도 있다는 소리다.

존은 이 생존 프로그램 자체를 정말 목숨을 걸고 하고 있었던 것이다.

"다음 체크포인트가 얼마 남지 않았어요. 물이 다 떨어져가니 어서 히트 프로젝트를 보충해야겠습니다."

"…알겠어요."

인간이 걷는 평균 속도는 대략 4~5㎞/h이지만, 이곳 사막에서는 대략 3㎞/h남짓 된다고 봐야 한다.

그러니까 이들은 열 시간을 내리 걸어야 물을 충전할 수 있다는 소리였다.

"세 시간 남았습니다. 세 시간 동안 쉬지 않고 걸으면 물을 받을 수 있을 겁니다."

"알겠으니까 그만 좀 말해요……."

아까부터 계속해서 저기압인 멜리사이지만, 사실 그녀는 그 누구보다도 사막에서 생존하는 능력이 뛰어나다.

중국 정보부에 재직하고 있던 시절에 그녀는 이미 사막에서 생존하는 기술을 익혔기 때문이다.

물론, 그 기술은 고비사막 암석지대에 국한되는 것이긴 하지만 그래도 이 정도 더위쯤은 큰 문제가 되지 않을 것이다.

태하는 아까부터 툴툴 거리고 있는 그녀를 바라보며 물었다.

"심통은 잠시 접어두는 편이 어때?"

"……."

"네가 무슨 마음인 줄 잘 알고 있다만, 그래도 이렇게 비협조적인 태도는 곤란해."

"…알겠어요, 입을 닫겠습니다."

"그런 뜻이 아니고……."

"……."

태하는 그대로 입을 닫아버린 그녀를 바라보며 고개를 가로저었다.

"쉽지 않군……."

"여전히 나이를 먹지 않은 아이입니다."

"그런 것 같군. 겉만 늙었어."

에밀리아는 태하에게 멜리사에 대해 조금 자세한 얘기를 해주었다.

"멜리사는 라일라를 마음속으로 흠모하고 있습니다. 저 아이에겐 라일라가 롤 모델이자 우상입니다. 그래서 아직도 라일라를 보스라 부르고 있지요. 그런데 그런 라일라의 관심을 오로지 보스가 끌고 있으니, 당연히 심통이 날 만도 하지요."

"무슨 다섯 살배기 아이를 보는 것 같군."

"아무리 중국 정보부에 몸을 담고 있었던 사람이라곤 해도 자신이 특히나 신경 쓰는 부분은 있게 마련입니다. 아마도 지금 보스를 싫어하는 저 아이의 마음이 딱 그러하겠지요."

"흠……."

"아무튼 너무 미워하지는 마십시오. 정말로 보스가 싫어서 저러는 것은 아니니까요."

"후후, 그래. 알겠어."

이윽고 태하는 자신에게 이런 얘기를 해주는 그녀의 생각은 어떠한지 물어본다.

"그나저나 자네는 나를 어떻게 생각하나?"

"보스요? 으음, 글쎄요. 그냥 줏대 있지만 매력은 없는 남자라고 생각합니다."

"그, 그렇군."

"자신만의 매력을 키우기 위해 조금 더 노력해 보십시오. 또 압니까? 그녀가 마음을 돌릴지도."

"…괜찮아. 마음에 드는 것은 고사하고 이 불편한 관계부터 좀 청산되었으면 좋겠군."

아무래도 태하는 그녀와의 관계가 쉽사리 가까워질 수 있을 것이라곤 생각하지 않았다.

다만, 더 이상 불편한 상태가 지속되거나 악화되지 않았으면 하고 바랄 뿐이었다.

*　　　*　　　*

고비사막 횡단 열두 시간째.

"…도대체 체크포인트는 어디에 있는 거야? 있기는 한건가 요?"

"그러게 말입니다. 분명히 지도상에는 이 근방이라고 나와 있는데 말이죠."

"……"

벌써 네 시간 째 체크포인트를 찾아다니고 있었지만 도저히 그곳을 발견할 수가 없었다.

덕분에 지금 일행은 극도로 지쳐 신경이 날카로워질 대로 날카로워져 있는 상태였다.

카메라맨은 그 장면을 놓치지 않고 카메라에 담아내고 있었지만, 일행들은 그의 열정이 달갑지 않은 모양이었다.

"…지금 장난하십니까? 뭐하는 거예요!"

"제 할 일을 하는 겁니다. 생존 프로그램이니 생존하는 모습을 카메라에 담는 것이지요."

"카메라를 들고 다니는 것도 힘들 텐데 그냥 좀 계시죠?"

"어쩔 수 없어요. 이제 제 일인 것을 어떻게 합니까?"

"자랑이군요……."

이제 슬슬 인내심이 다 해갈 쯤, 담당 PD 존이 먼 산을 가리키며 말했다.

"차, 찾았습니다! 바로 저곳이 체크포인트입니다! 확실해요!"

"정말요? 신기루 때문에 헷갈리는 것은 아니고요?"

"아닙니다! 이제 슬슬 밤이 되어가니까 신기루도 더 이상 안 생기지 않겠어요? 바로 저기가 확실합니다!"

"뭐, 그렇다면 다행이고요."

태하는 연신 투덜거리는 그녀를 뒤로 한 채 존에게 물었다.

"정말 그 지도가 확실한 겁니까? 잘못된 것은 아닙니까?"

"그럴 리가 없습니다. 내가 미쳤다고 내가 죽는 일에 잘못된 지도를 가져왔겠어요?"

"그렇긴 합니다만……."

"아무튼 갑시다! 이제 곧 히트 프로젝트를 먹어볼 수 있어요!"

"그러시죠."

일곱 명의 일행은 첫 번째 체크포인트를 향해 걸음을 재촉했다.

＊　　　　＊　　　　＊

　고비사막 횡단 열일곱 시간째.

　일행은 계속해서 같은 장소만 맴돌고 있었다.

　"으으, 이제 추워서 안 되겠어요! 일단 이곳에서 쉬었다 가는 곳으로 합시다!"

　"하지만 침낭과 먹을 것이 다 그곳에 있단 말입니다! 이곳에서 잘못 잤다간 얼어 죽어요!"

　"그래도 별수 있습니까? 이대로 계속 움직이는 것은 말도 안 되는 일입니다. 벌써 해가 져서 앞도 안 보인단 말입니다."

　"……."

　저녁 무렵부터 무려 다섯 시간이나 같은 장소를 맴돌았으니, 당연히 주변의 온도가 급감할 수밖에 없었다.

　더군다나 야밤에는 별 말고는 다른 물건을 식별하기도 힘든 사막에서 체크포인트를 찾는 것은 불가능한 일이었다.

　고비사막에서 생존훈련을 받은 멜리사는 이곳에서 아침까지 기다렸다 출발하는 것이 현명하다는 사실을 알고 있었다.

　그러나 존은 계속해서 앞으로 나아가는 것만이 길이라고 주장하고 있다.

"잘못하면 이곳에서 얼어 죽어요. 우리가 생존하러 온 것이지, 죽으러 온 것은 아니잖아요?"

"그러니까 움직이지 말자고요. 괜히 지금 움직였다간 명을 재촉하는 일밖에 안 돼요."

"거참, 아닙니다! 제 말이 맞아요! 우리는 지금 움직여야 합니다!"

"……."

태하는 보다 못해서 지질학자에게 지금의 상황에 대해 물었다.

"전문가 양반, 당신이 어떻게 설명 좀 해보십시오. 어지간해선 말을 듣지 않을 사람들이군요."

"…내 생각엔 그냥 움직이지 않는 편이 나을 것 같은데요?"

"아닙니다! 아니에요! 이 근방은 내가 잘 알아요! 얼마 전에 직접 게스트 하우스를 설치했으니까!"

"정말 후회하지 않을 자신 있어요?"

"물론입니다!"

전문가의 의견도 중요하지 않다는 PD의 우격다짐에 일행들은 어쩔 수 없이 여정을 계속하기로 했다.

"좋습니다. 한번 가봅시다. 하지만 막상 가서 길을 발견하지 못하게 된다면, 이 사막 한가운데서 몰매를 맞을 줄 아세요."

"당신들 좋을 대로 하세요. 대신 내가 맞으면 무릎을 꿇고 사과를 해야 할 겁니다."

과연 누구의 말이 맞는지는 시간이 지나 봐야 알겠지만 이미 다섯 사람은 같은 생각을 하는 중이었다.

'힘들어질 텐데…'

하지만 아직 갈 길이 먼데 이 이상으로 의견 충돌을 일으킬 수는 없으니 길을 재촉할 수밖에 없었다.

*   *   *

시간은 흘러 이제는 시간이 밤 열 시를 막 지나고 있었다.

"으으, 으으으……!"

"이상하군… 분명 이 근방이 확실할 텐데……."

"정말 그렇게 생각하십니까? 내 생각은 아닌 것 같은데?"

"맞아요! 내가 당신들에게 무엇하러 거짓말을 하겠습니까? 안 그래요?"

"그렇다고 해도 이건 좀 아니지 않습니까? 이제 영하 30도에 접어들었어요. 새벽에는 온도가 더 떨어질 것이란 말입니다. 아시겠어요? 이곳 고비사막의 밤은 5월이라 해도 겨울이란 말입니다!"

"크윽……."

태하는 더 이상 여행을 계속하는 것은 옳지 않은 일이라고 생각했다.

앞으로 여행해야 할 코스는 무려 1500㎞가 넘는다. 그런데 만약 이곳에서부터 마찰이 생긴다면 앞으로의 여정에 차질이 생기고 말 것이다.

때문에 태하는 이곳에서 잠시 멈추어 숙영을 취하는 것이 옳다고 판단했던 것이다.

"일단 멈추고 이곳에 숙영지를 폅시다. 근방에 바위 지대를 이용한다면 충분히 불을 피울 수 있을 겁니다."

"…하지만 불을 피울 수 있는 도구가 없잖습니까?"

"불은 제가 알아서 피우겠습니다. 그러니 다들 마른 장작과 덮고 잘 수 있는 지푸라기라도 찾아봐요. 과연 그런 것이 있을지는 모르겠지만."

아무리 사막이라곤 해도 고비사막에는 가끔 비가 오기 때문에 우거진 수풀지대에는 나무가 자라기도 한다.

때문에 장작거리를 구하고자 한다면 하나도 구하지 못하리라는 법은 없다.

태하는 일행들을 신속하게 움직이도록 독려한 후, 삼면이 가로막힌 작은 동굴 안에 불을 피웠다.

'건곤일식, 화!'

화르륵!

무공으로 불을 만들어낸 태하는 그것을 자신의 가방에 들어 있던 천에 붙여 작은 횃불을 만들어냈다.

"불이 붙었습니다! 이제 장작만 있으면 밤을 지낼 수 있어요!"

"알겠습니다!"

아직까지는 기능성 내의와 외투 덕분에 추위를 견딜 수 있지만 새벽이 되면 절대로 그냥 서 있을 수도 없을 것이다.

때문에 태하는 서둘러 자리를 마련해 보온 효과를 기대하기로 했다.

휘이잉—!

늦은 새벽이 되자, 고비사막에는 살을 에는 듯한 칼바람이 불어닥쳤다.

태하는 삼면이 막힌 동굴의 입구를 외투로 막고 최대한 불가에 가까이 붙어 앉아 체온을 유지하도록 했다.

"추, 춥구나⋯⋯."

"최대한 말을 아끼세요. 내일 아침까지 먹을 식량도 없는데 새벽의 추위를 어떻게 견디려는 겁니까?"

"⋯⋯."

사람의 체온이 극도로 내려가게 되면 칼로리 소모가 상당히 원활하게 이뤄지기 때문에 이런 상황에선 말이라도 아끼는 편이 상책이다.

추위를 이겨내기 위해 몸은 스스로 열을 발생시키게 되는데, 만약 추위를 효율적으로 막아내지 못하게 되면 저체온증에 걸릴 수도 있다.

때문에 태하는 최대한 몸이 칼로리를 소모하지 않도록 일부러 자리를 좁혀 앉은 것이었다.

"…너무 추운데?"

"괜찮아요. 아직은 버틸 수 있습니다. 그리고 내일이 되면 우리는 다시 힘을 찾을 겁니다. 희망을 가져요."

"네……."

지금 이들은 예상에도 없었던 고생을 사서 하고 있었지만, 태하의 입장에서 본다는 차라리 잘된 일이었다.

이렇게 고생을 하면 할수록 히트 프로젝트의 효과는 배가 될 것이기 때문이었다.

'아마 내일쯤이면 깜짝 놀라서 우리 회사를 찬양하게 될 것이다. 후후….'

태하는 어쩌면 일이 잘 풀려가는 것 같아 기분이 서서히 좋아지고 있었다.

*　　　　*　　　　*

태하 일행은 다음 날이 되어도 체크포인트를 찾지 못하고 있었다.

"허억, 허억……."

낮에는 무려 섭씨 40~50도까지 올라가는 이 지옥 같은 사막에서 이틀이나 내리 굶었다는 것은 심각한 일이었다.

이제는 이곳에서 서식하는 도마뱀이라도 잡아먹어야 할 판이다.

"배, 배가 너무 고프군요……."

"그러게 내가 뭐라고 했어요? 밤에는 되도록 돌아다니지 말자고 했죠?"

"…그래도 난 내 결정에 후회는 하지 않습니다."

"뭐라고요?"

존과 멜리사는 여전히 서로의 의견이 맞다며 대치를 했고, 태하는 그런 그들을 만류한다.

"그만, 그만하세요. 더 이상 에너지를 낭비하지 말아요. 아직 비가 오지 않아서 먹을거리를 찾기도 힘들단 말입니다."

"…알겠습니다."

밤에 찾아온 추위를 간신히 견뎌냈더니, 이제는 극심한 폭염 때문에 사람을 괴롭히고 있다.

태하는 이곳에서 먹을 것을 찾지 못하면 부상자가 속출할 것임을 직감한다.

'큰일이군, 뭔가 방법을 찾아야 할 텐데……?'

바로 그때, 저 멀리 한 대의 차량이 빠른 속도로 사막을 가로질러 가고 있다.

부아아앙—!

순간, 존은 원래 자신의 본분도 잊은 채 차를 향해 달려 나갔다.

"사, 사람 살려! 여기 사람 있어요!"

"…뭐하시는 겁니까?"

"도움을 구하는 거잖아요!"

"그런다고 저 차가 우리를 발견할 수 있을 것 같아요?"

"뭐요?"

"이곳에 어떤 지형인지 한 번 잘 생각해봐요. 우리가 있는 곳은 고도가 꽤 높은 곳이고, 저곳은 굽이굽이 아래에 위치한 간이 도로입니다. 그런데 저들이 우리를 발견할 수 있을까요?"

"……"

고비사막을 지나는 차량들은 심심치 않게 많지만, 그 도로는 지금 이들이 있는 지점과는 생각보다 멀리 떨어져 있다.

때문에 차량이 지나간다고 해도 이들의 소리를 들어줄 수 있을 리가 없었다.

멜리사는 그에게 일침을 가한다.

"당신 때문에 우리가 이 개고생을 하고 있잖아요! 처음부터 지도를 잘 봤다면 이런 일이 생겼겠어요?"

"그런……."

"괜히 있지도 않은 희망에 모든 것을 걸지 말고 본분에 충실해요. 체크포인트는 어디에 있어요?"

"지도에 의하면 이곳에서 그리 멀지 않습니다."

"…그 소리는 이제 지겨우니까 그만하고 확실히 말해요. 얼마나 남았어요?"

"정말입니다. 이제 곧 체크포인트가 보일 거예요."

무척이나 수척해 진 존은 쓸데없는 희망을 버리고 사막을 계속 횡단하기로 했다.

다시 다섯 시간이 흘렀는데도 일행은 여전히 체크포인트를 찾지 못하고 있었다.

이제는 오히려 첫 번째 체크포인트를 버리고 두 번째 체크포인트를 찾아보는 것이 빠를 지경이었다.

하지만 첫 번째 체크포인트를 찾지 못하면 나머지 체크포인트를 찾을 수가 없기 때문에 그런 편법은 통할 리가 없었다.

"…언제쯤 물을 마실 수 있어요?"

"조금만 기다리세요. 곧 마실 수 있습니다."

"도대체 언제요? 이러다 누군가 한 명이 쓰러지고 말겠어요."

"괜찮습니다. 모두 다 건장한 성인인데 이깟 뙤약볕 몇 시간에 쓰러지진 않을 겁니다."

"제발 그랬으면 좋겠군요……."

또다시 슬슬 해가 지려고 하고 있으니, 오늘도 역시 공치사를 하려는 모양이었다.

태하는 이쯤에서 멈추고 숙영지를 편성하는 쪽이 낫다고 생각했다.

"더 이상 움직이지 말고 숙영지를 핍시다. 이 이상 움직이는 것은 무리입니다."

"하지만 바로 앞에 체크포인트가 있을지도 몰라요. 그러니 조금만 더 갑시다."

지질학자 왕춘풍은 고개를 가로저었다.

"아니요, 그렇지 않습니다. 이 바위 지대를 넘으면 곧바로 풀이 없는 초원이 나옵니다. 한마디로 벌판이죠. 사람이 바람을 피하기엔 무리가 있어요."

"그렇다고 저 너머에 있을지도 모를 체크포인트를 그냥 무시하자고요?"

"무시하자는 것이 아니고……."

"일단 갑시다. 가는 것이 상책이에요."

이대로는 더 이상 힘들겠다고 느낀 태하는 궁여지책을 생각해낸다.

"잠깐, 아무리 당신이 PD라곤 해도 이대론 도저히 안 되겠습니다. 다수결로 합시다."

"다수결……."

"PD는 프로그램을 만드는 사람이지요. 하지만 그렇다고 생존현장에서 생사여탈권을 쥐고 있다고 볼 수는 없습니다."

"……."

"어때요, 다른 사람들도 그렇게 동의하십니까?"

"동의합니다!"

"제창합니다!"

존은 이대로 자신의 리더 자리가 빼앗길 것이 두려운 나머지 극단적인 방법을 동원하기에 이른다.

"민주주의… 좋습니다! 민주주의 좋지요! 하지만 당신들 마음대로 행동했다간 이 지도는 영영 사용할 수 없게 될 겁니다!"

"뭐, 뭐요?"

"후후, 당신들! 이 지도 없이 사막을 벗어날 수 있을 것 같습니까? 이제까지 우리가 온 길이 얼마인지는 알고 있어요?"

"……."

"자, 내 말을 드는 것이 좋을 겁니다! 어서!"

태하는 반쯤 정신이 나가버린 그에게 물었다.

"왜 그렇게 체크포인트에 목을 매는 겁니까? 무슨 사연이라도 있어요?"

"…없습니다."

"그런데 왜 그렇게 체크포인트를 못 찾아서 안달이 났어요?"

"별 뜻은 없습니다."

"허면 왜⋯⋯."

존은 당연하다는 듯이 말했다.

"만약 내가 당신들에 대한 제어 권력을 잃는다면 앞으로 당신들이 내 통제에 따르겠어요? 그냥 자신들하고 싶은 대로 움직이겠죠. 그렇다면 프로그램이 완성될 것 같습니까?"

"그럴 일은 없어요. 우리가 왜 프로그램의 취지에서 벗어난 행동을 하겠습니까? 안 그래요?"

"⋯사람 일이란 모르는 거죠."

그제야 태하는 왜 PD가 이렇게까지 체크포인트에 집착했는지 알 것 같았다.

지금 이곳에 모인 사람들은 오로지 PD가 진정한 리더이자 상황을 부여한 또 다른 신처럼 생각해야 한다.

그래야 프로그램이 온전하게 돌아가며 좋은 결과를 얻을 수 있게 되는 것이다.

'그래, 아주 틀린 생각은 아니야. 하지만 방법이 좋지 않았어.'

태하는 그런 그의 생각을 바꾸기로 한다.

"좋습니다. PD님, 그렇다면 한 가지 제안을 하겠습니다."

"제안?"

"이제부터 당신은 우리가 무슨 행동을 하던 상관을 하지 마십시오."

"뭐, 뭐요?"

"하지만 한 가지 조건이 있습니다. 우리는 당신들이 만들어놓은 룰에서 결코 벗어나지 않을 겁니다. 만약 당신이 안 된다고 한다면 하지 않을 겁니다. 이를 테면 핸드폰 사용이라든지 행인들에게 도움을 구하는 등의 일이지요. 만약 이 생존 프로젝트에서 벗어난 행동을 한다면 계약은 파기입니다. 어때요?"

"흠……."

"이건 당신에게나 우리에게나 전혀 실이 될 것이 없는 것 같은데요."

그제야 그는 태하의 말에 조금 동요하는 것 같았다.

"그래도 그건……."

"최후의 방책입니다. 이래야 우리가 살아남을 수 있어요. 대신, 우리가 결정하더라도 생존은 함께해야 하는 것이니, 리얼리티는 죽지 않을 겁니다."

"으음, 그런 조건이라면야 생각해 볼 가치가 있지요."

"좋습니다. 일단 오늘은 그럼 다수결대로 이곳에서 자고 내일부터는 당신의 개입 없이 통제에만 따르겠습니다. 됐죠?"

"…그럽시다."

드디어 태하는 무모한 직진 대신에 우회와 차선책을 사용할 수 있는 기회를 얻게 되었다.

사막 횡단 나흘이 지나자 드디어 PD와 카메라맨이 한계에 부
딪쳤다.

"허억, 허억······."

"괜찮습니까?"

"괘, 괜찮아요."

"이게 도대체 무슨 일입니까? 벌써 나흘째 같은 곳만 맴돌고
있는 생각이 드는데?"

"그, 그러게 말입니다."

이제는 조금 누그러진 그의 단독행동 덕분에 태하와 일행들
은 한결 수월한 여행을 지속할 수 있었다.

하지만 문제는 더 이상 진전이 없다는 것이었다.

"이상하네··· 분명이 우리는 이곳에서 벗어날 수 있는 지도를
가지고 있었습니다. 그리고 우리만 알아볼 수 있는 이정표까지
만들어놓았지요. 그런데도 불구하고 계속해서 같은 자리를 맴
돌다니, 뭔가 있는 게 분명해요."

"뭔가 있다니요?"

"흠······."

태하는 이 상황이 흡사 진법과 비슷하다고 생각했다.

사람을 미친 듯이 극한으로 몰아가는 상황도 그렇고 자연적

으론 도무지 일어날 수 없는 일이 줄을 지어 일어나고 있었기 때문이다.

'어떻게 해야…'

만약 이곳이 진짜 진법에 의한 왜곡현상을 만들어내는 것이라면 반드시 진법을 가동시키는 진석이 숨어 있을 터였다.

하지만 이 넓은 사막 어디에도 사람을 현혹시키는 진석의 기운은 느껴지지 않고 있었다.

'뭘까? 도대체 무엇이 나를 이렇게까지 옭아매고 있는 거지?'

깊은 생각에 잠겨버린 태하, 그런 그를 두고 멜리사가 물었다.

"보스, 아무래도 신기루 현상 같습니다."

"신기루?"

"사막에선 가끔 이런 일이 벌어지곤 합니다. 기온이 상승하는 낮에는 특히나 더 기승을 부리지요."

"흠… 그렇다면 밤에 이동을 해야 한단 말인가?"

"이론적으론 그렇습니다."

태하를 비롯한 네 사람은 멜리사의 추론에 의문을 제기한다.

"그렇다면 어째서 밤에도 신기루 현상이 남아 있는 거지?"

"지금 이 상황에선 무엇이 신기루 현상인지 알 수가 없습니다. 그러니 밤에 우리의 앞을 가로 막고 있었던 것은 진짜 바위산일 가능성이 높지요. 다만, 우리가 낮에 스치고 지나가는 풍경들일 가능성은 높은 것이지요."

"복잡한 일이군."

"우리가 처음부터 이곳 고비사막에 들어선 자체부터가 이미 복잡한 상황에 직면하기 좋은 조건을 조금씩 갖춰가고 있었던 겁니다."

"그렇군."

에밀리아는 전략을 바꾸는 것에 대해 긍정적으로 생각하자고 제안한다.

"이제부터는 밤에 이동하는 것이 어떻습니까?"

"하지만 해가 지고 난 후엔 날씨가 극도로 추워져. 이대론 움직이기가 힘들어진다고."

"그래도 어쩔 수 없지 않습니까? 만약 멜리사의 추론이 맞다면 우리는 지금까지 신기루에게 속고 있었던 것이니까요. 조금 돌아갔다곤 해도 이대로 포기할 수는 없습니다."

"으음, 어쩐다……."

존은 자신의 주장이 맞았을 수도 있다는 가능성이 있음에도 불구하고 별다른 이의를 제기하지 않았다.

아마도 그는 태하의 제안을 아주 겸허하게 받아들인 모양이었다.

이제 결단을 내릴 사람은 이 탐험대를 맨 처음 조직했던 태하일 것이다.

"좋아, 그렇다면 이렇게 하지. 여기에 다섯 명이 남고 두 사람이 차례대로 길을 찾아 떠나는 거야."

"만약 돌아오지 못하면 어떻게 합니까?"

"어차피 밤에는 신기루 현상이 일어나지 않으니 불빛만 있어도 충분히 반경 수km는 수색했다 돌아올 수 있을 거야."

"하긴, 그건 그렇군요."

"어떻습니까? 다들 제 생각에 동의하십니까?"

"네, 물론입니다."

이제 태하는 이 근방에 베이스캠프를 치고 수색을 시작하기로 했다.

4. 극악의 신기루

　태하와 멜리사는 늦은 밤까지 베이스캠프 서쪽을 탐색하여 이곳을 빠져나갈 수 있는 길이 있는지 탐색했다.

　휘이이잉―!

　고비사막의 밤은 마치 겨울바람처럼 태하와 멜리사를 괴롭혔다.

　"춥군……."

　"사막의 겨울은 습하면서도 추워요. 마치 북극의 해빙기를 겪는 것 같은 느낌이 들죠."

　"그래, 맞아. 그런 느낌이군."

태하는 지금 이곳이 마치 북해빙궁의 봄을 보는 것 같은 느낌이 든다고 생각했다.

지금 태하는 만독불침의 몸이 되었지만 멜리사는 아마도 극한의 추위를 느끼고 있을 수도 있다.

하여 그는 자신의 겉옷을 벗어 멜리사에게 건넸다.

"입어."

"네? 미쳤어요? 그러다 보스가 먼저 얼어 죽는다고요!"

"난 특이체질이라서 추위를 별로 안 타. 그러니 입어도 좋아."

"하지만……."

"사양하지 마. 지금 네 입술이 서서히 시퍼렇게 질려가고 있잖아. 하지만 내 입술은 멀쩡하지. 이것만 봐도 나는 특이체질이라는 것을 알 수 있지 않겠어?"

"흠… 알겠어요. 그럼 이번만 보스의 명령을 따르기로 하죠. 하지만 혹시라도 체온이 떨어진다 싶으면 곧장 말하세요."

"물론. 나라고 자살행위를 하고 싶겠나?"

이제 조금이나마 따뜻해진 그녀는 활기찬 얼굴로 수색을 계속한다.

"바람이 불어오는 방향으로 미뤄 보건데, 아무리 생각을 해봐도 우리가 가고 있는 이곳은 서쪽이 아닌 것 같아요."

"그래, 확실히 그렇군. 지금 이 계절이라면 서풍이 불어 먼지를 동쪽으로 밀어낼 텐데 말이야."

"반대 방향에서 바람이 불어온다는 것은 애초에 방위부터 잘못 잡았다는 뜻이죠."

"흠……."

태하는 자신의 시계에 매달려 있던 나침반을 바라본다.

나침반은 지금 이곳이 서쪽이라고 말하고 있건만, 어째서 자연현상은 반대로 이뤄지고 있는 것인지 알 수가 없는 상황이다.

하지만 만약 이 나침반까지 잘못되고 있는 이곳이라면 충분히 가능성이 있다.

그는 자신의 소매를 절반쯤 빼내어 불어오는 바람에 흘리듯 내버려 두었다.

팔락!

"뭐하시는 겁니까?"

"진짜 바람이 동서풍이 아닌지 확인해 보는 거야."

"보스는 이 바람까지 신기루라고 생각하시는 겁니까?"

"만약 그렇다면 사태가 심각해지는 것이니까."

태하는 불어오는 바람에 소매를 흘려 방위를 가늠해보았다.

그러자, 정확한 위치가 잡혔다.

"북서풍이군."

"뭐야? 아주 위치가 제멋대로군요!"

"그렇다면 나침반과 바람의 방향까지 제각각 움직이고 있다는 소리인가?"

"하지만 만약 보스의 소매가 잘못 움직인 것이라면요?"

"만약 그렇다면 우리가 이곳에 있는 자체가 왜곡인 것이지."

"뭐가 뭔지 하나도 모르겠군요."

"아무튼 우리는 이 바람을 이용해서 방향을 잡아보자고."

"예, 알겠습니다."

태하는 이곳에 자신만이 알아볼 수 있는 이정표를 남기고 다시 방향을 잡아 서쪽으로 발걸음을 옮겼다.

수색 네 시간 째, 드디어 태하는 올바른 서쪽을 찾아낼 수 있었다.

"확실하다. 이곳은 서쪽이야. 바람이 흘러간 자국을 봐. 분명해."

"그렇군요. 바람은 이쪽에서부터 불어오고 있었던 겁니다. 그런 간단한 진리를 간과하고 있었다니, 교육을 허투루 받았군요."

"나 역시 그렇다. 지금까지 이 간단한 현상 하나를 제대로 해결하지 못했다니, 한심하군."

멜리사는 태하를 바라보며 씁쓸하게 웃는다.

"우리 모두 바보들이군요. 어차피 밤에 출발했어도 신기루는 벗어나지 못했어요. 아마 지금쯤이면 저 사람들 모두 탈진해서 죽어버렸을지도 모르겠군요."

"그러게 말이야. 오늘 자네가 바람이라는 힌트를 주어서 나 역시 나침반을 의심하게 되었어. 아주 잘했어."

태하의 칭찬에 그녀는 얼굴을 조금 붉혔다.

"크, 크흠! 그, 그거야 당연한 일이죠! 세상에 어떤 사람이 바람을 한번이라도 의심하지 않겠어요? 안 그래요?"

"지금까지 우리는 그러지 않았잖아. 한마디로 우리들 중 자네가 가장 지식이 뛰어나다는 소리지. 앞으로는 자네의 말에 따라 움직이는 방향으로 갈피를 잡아야겠어."

"…부담이 되는군요."

"무슨 부담이 된다고 그래? 어차피 이제 방향도 제대로 다 잡았는데 뭘."

"그렇긴 하죠."

이제 두 사람은 베이스캠프가 있던 곳으로 다시 발길을 돌렸다.

＊　　　＊　　　＊

다섯 시간 후, 태하와 멜리사는 여전히 베이스캠프를 찾지 못하고 있었다.

"이상하군. 이쯤이면 원래 베이스캠프가 모습을 드러내야 하는데 말이야."

"그러게 말입니다. 더군다나 이 시간이면 해가 슬슬 떠올라야 할 때입니다. 그런데도 아직 캄캄한 밤이군요."

"흠……"

태하는 주변의 경관을 둘러보다가 문득 그녀의 복색에 조금 의아한 면이 있다고 판단했다.

"그러고 보니 자네, 아까부터 계속 땀을 흘리고 있군."

"그, 그러게 말입니다. 이상하군요. 얼마 전부터 계속 땀이 흘러내려요. 그렇다고 이 야밤에 옷을 벗을 수 없어 그냥 돌아다니고 있지만, 이제 곧 힘에 부칠 것 같습니다."

"이 야밤에 땀이라……"

가만히 생각에 잠겨 있던 태하, 그는 문득 이것이 모두 암사의 구결과 비슷하다는 것을 느낀다.

'그래! 그것이로군!'

암사는 홍채는 물론 망막과 수정체의 연상방법을 모두 바꾸어 시각의 변화를 준다.

만약 지금 이곳도 그와 같다면, 당연히 눈을 뜬 사람들은 돌아다닐 수 없을 것이었다.

태하는 즉시 눈을 감아보았다.

"보, 보스?"

"잠깐, 잠깐만 나에게 시간을 줘. 5분만 나에게 말을 걸지 말아주게."

"알겠습니다……."

이윽고 태하는 암사와 가장 가까운 심안으로 주변을 둘러보았다.

"후우……."

화경을 뛰어넘었을 당시, 태하는 북해빙궁에서 이미 심안의 오의를 깨달은 적이 있었다.

이제 그는 밤에 굳이 불빛이 없어도 앞을 볼 수 있을 정도로 심안이 발달해 있었다.

눈을 감아도 대낮처럼 훤히 앞을 볼 수 있음은 당연한 사실이었다.

태하는 시각이 아닌 감각과 내력만으로 사물을 형상화시켜 주변을 둘러보았다.

그러자, 그의 눈에 신세계가 펼쳐졌다.

팟!

'오호라!'

그는 자신이 서 있는 이곳이 바로 고비사막의 한가운데이며 대낮의 햇빛이 날카롭게 내리쬐고 있다는 사실을 알 수 있었다.

그리고 또 한 가지, 그는 지금까지 협곡처럼 생긴 바위산의 입구를 찾지 못해서 무려 나흘 동안이나 헛고생을 한 것이었다.

'신기루는 허상이다. 그리고 우리가 서 있는 이곳이야말로 실상이다. 그렇다면 무공의 허초와 실초와 무엇이 다르단 말인가?'

그는 이곳이 심안과 천혈수라섬을 본 따서 만든 또 하나의 함정, 혹은 진법임을 알 수 있었다.

도대체 누가 이런 진법을 만들었는지 알 수는 없지만, 확실한 것은 이 엄청난 허초들 중에서 실초는 단 하나, 바로 저기 보이는 협곡이라는 사실이었다.

이내 눈을 뜬 태하가 자신의 정면으로 보이는 협곡을 가리키며 말했다.

"저기다. 저곳을 지나면 이 신기루 현상에서 벗어날 수 있을 거야."

"그게 무슨 말씀이십니까?"

"나중에 때가 되면 다 말해줄게. 일단 동료들을 모아서 이곳을 빠져나가자."

"예, 알겠습니다."

태하는 심안으로 길을 찾아 동료들이 있는 곳으로 향했다.

                    *   *   *

사막 횡단 닷새째가 되자 드디어 태하 일행은 신기루에서 벗어나 진짜 길 위를 걸을 수 있게 되었다.

존은 도대체 이런 현상이 왜 일어난 것인지에 대해 의문을 품고 있었다.

"이상한 일이군요. 지금까지 나침반이 잘못 돌아간 적은 한 번도 없었는데 말이죠."

"심지어 버뮤다 삼각지대에서조차 이런 일이 벌어지지 않았습니다. 이곳은 정말 이해를 하기 힘든 곳이군요."

태하는 자신이 지난 협곡에 특이한 종류의 진석이 자리 잡고 있다는 것을 알 수 있었다.

그것은 오로지 건곤대나이를 계승받은 사람만이 알 수 있는 것이었다.

과연 어떻게 진석을 만든 것인지는 몰라도 그 안에선 건곤대나이의 심결이 그대로 뿜어져 나오고 있었다.

한 마디로 저것은 건곤대나이, 그 자체이며, 어지간한 고수가 아니라면 도저히 벗어날 수 없는 그물과도 같았다.

만약 이곳에 태하가 없었더라면 일행들은 지금쯤 해골이 되어 사라져 버렸을지도 모를 일이다.

협곡을 지나 대략 세 시간쯤 지나자, 저 멀리 네모난 박스형 태의 체크포인트가 모습을 드러냈다.

"차, 찾았다! PD님! 드디어 찾았어요!"

"사, 살았다……."

이미 PD 존과 카메라맨 케빈은 탈진 상태에 이른지 오래였다.

만약 이들을 이대로 가만히 내버려 둔다면 필시 탈수와 열사병으로 목숨을 잃게 될 것이었다.

태하와 왕춘풍은 각자 존과 케빈을 부축하여 얼마 남지 않은 체크포인트까지 걷기로 했다.

"조금만 힘내요. 살 수 있습니다."

"…열 시간이면 도착할 줄 알았던 체크포인트를 5일 만에 도착했다니, 믿어지지 않네요."

"저도 그렇습니다. 아무튼 말을 아껴요. 잘못하면 탈진해서 큰일이 나겠어요."

"알겠습니다……."

일행은 두 사람의 짐을 나누어 짊어진 채 체크포인트로 향했다.

약 두 시간이 지나자 태하 일행은 드디어 체크무늬로 된 컨테이너박스에 도착할 수 있었다.

위이이이잉—!

"다행이군. 이 안에는 자가발전기가 들어 있어 시원한 물을 구할 수 있겠어요."

"그러게 말입니다. 일단 두 사람을 안으로 옮깁시다."

존과 케빈은 이미 탈수현상이 진행되어 서서히 정신을 잃어가는 중이었다.

태하와 왕춘풍은 두 사람을 컨테이너박스 안으로 옮긴 후, 소형 냉장고에서 히트 프로젝트를 꺼내어 개봉했다.

끼릭, 촤락!

PT병에 들어 있던 히트 프로젝트는 청량감이 맴도는 달콤함을 내뿜으며 그 모습을 드러냈다.

태하와 왕춘풍은 그것을 탈진한 두 사람의 입안으로 흘려보냈다.

그러자, 두 사람은 채 5분도 지나지 않아 눈을 번쩍 떴다.

"허, 허억!"

"정신이 좀 듭니까?"

"여긴……."

"체크포인트입니다. 조금만 더 늦었어도 죽을 뻔했습니다."

"분명 사막 한가운데서 정신을 잃은 것 같은데… 어떻게 살려냈습니까?"

"내가 말씀드리지 않았습니까? 히트 프로젝트는 탈수에 탁월한 효능이 있어요."

"…정말이었네요."

두 사람에 이어 일행들은 각자에게 지급된 9리터의 히트 프로젝트를 섭취했다.

꿀꺽, 꿀꺽!

"크허! 좋다!"

"이야, 이제야 좀 살 것 같네!"

"어때요? 효능이 괜찮습니까?"

"괜찮다마다요!"

"아무튼 다행입니다. 우리가 이곳에서 죽지 않고 살아났으니 말입니다."

존은 체크포인트 냉장고 안에 들어 있던 육포를 한 덩어리씩 나누어주며 말했다.

"체크포인트에서 식량을 보급했으니 근방에서 휴식을 취한 후에 다시 이동합시다."

"그럽시다."

오랜만에 하늘이 가려진 곳에 들어선 일행들은 이곳에 짐을 풀기로 했다.

*　　　*　　　*

다음날 아침이 되자 사막원정대는 다시 짐을 꾸려 두 번째 체크포인트를 향해 걸었다.

사그락, 사그락—.

두 번째 체크포인트로 향하는 길목에는 시시때때로 모래바람이 불어 천으로 입과 코를 가리지 않으면 도저히 버틸 수가 없었다.

이곳은 사막전문가들끼리 '황색 지옥'이라고 불리는 제3구역이었다.

무려 50㎞나 이어지는 이 황색 지옥은 정오를 기점으로 모래바람이 불기 시작해 그 규모가 점점 커진다.

때론 모래바람이 폭풍이 되어 불어 닥치는 경우도 있는데, 이때 사람을 보호해 줄 것이 없다면 십중팔구 사망에 이르게 된다.

그나마 다행인 것은 이곳이 협곡지대라서 몸을 숨길 지형이 꽤 많다는 것이었다.

하지만 이들의 목적은 이곳에서 눌러앉는 것이 아니라 앞으로 전진하는 일이었다.

"후욱, 후욱… 숨을 쉬기 힘들군요."

"그래서 황색 지옥이라 불린다고 하지 않습니까? 앞으로 대략 이틀 정도는 이런 상황이 계속될 겁니다. 조금만 더 참아요."

"……"

사람이 걸어서 황색 지옥을 통과한다는 것은 무척이나 어려운 일이지만 고비사막 전 지역을 통과하려면 반드시 거쳐야 할 통과의례인 것이다.

태하는 도저히 눈을 뜰 수조차 없는 이곳을 지나면서도 계속 진석에 대한 생각에 사로잡혀 있었다.

'이 진법, 분명 누군가 만들어놓은 것이 분명하다. 아마도 지금까지 수많은 사람들이 이와 비슷한 일을 겪었겠지. 그래서 부유하지만 죽음이 공존하는 곳이라는 소리가 나돌았을 것이고…'

지금 현대에 이르러선 사막을 횡단하는 일에 자동차가 이용되기 때문에 길을 잃고 헤맨다고 해도 그리 큰 문제는 없을 것이다.

또한, 고비사막 역시 인근을 지나는 도로가 있기 때문에 굳이 이런 협곡의 아래나 사막의 중앙을 관통할 필요가 없다.

때문에 언제부터인가 이 악명 높은 지역들이 서서히 자취를 감추고 있었을지도 모른다.

태하는 도대체 언제부터 이곳에 진석이 설치되어 있었는지 궁금했으나, 해답을 줄 수 있는 사람은 현대에서 찾아볼 수 없을 것이었다.

'횡단을 끝내면 곧바로 북해빙궁에 가봐야겠군. 어쩌면 대서고에서 답을 찾을 수도 있을 테니까.'

차근차근 앞으로 나아가던 일행들은 자신들을 앞질러 가는 한 무리의 쥐와 전갈 떼를 마주했다.

샤샤샤샤샤샥!

"으, 으으!"

"이, 이게 다 뭐야?"

"쥐와 전갈? 이것들이 왜 갑자기……."

태하는 정신없이 도망가는 전갈과 쥐떼를 바라보다가 문득 자신의 머리 위로 드리워온 그림자에 고개를 들었다.

그러자, 그의 머리 위로 엄청난 높이의 모래 폭풍이 모습을 드러냈다.

고오오오오오!

"제기랄, 모래 폭풍이다! 어서 숨을 곳을 찾아요!"

"지, 지금 이곳에서 숨을 곳이 도대체 어디 있어요!"

"협곡 왼쪽 구석으로 바짝 붙어서 버텨요! 어쩔 수 없습니다!"

"이, 이런 말도 안 되는 경우가 어디 있어?"

존은 자신이 이 프로그램을 기획했음에도 도저히 더 버틸 수 없다고 말한다.

"…사람은 역시 포기할 때를 잘 알아야 해."

"지금 그런 약한 소리를 할 때입니까? 어서 숨어요!"

기상학자 카트리나는 잘못하면 이 폭풍으로 사람들이 다 죽을 수도 있다고 경고한다.

"정신 바짝 차려요! 잘못하면 다 죽는단 말입니다!"

"빌어먹을!"

카트리나는 왕춘풍을 데리고 협곡 왼쪽 구석으로 달리기 시작했다.

"다들 숨을 곳을 찾아요, 어서!"

"제길!"

존과 케빈 역시 왼쪽에 붙어서 이동하고 있었기 때문에 가까스로 자신들이 숨을 공간을 확보할 수 있었다.

하지만 문제는 오른쪽에서 그들과 다소 거리를 벌리고 걸어가던 태하와 멜리사, 에밀리아였다.

이곳 협곡의 특성상 바람이 한쪽으로 치우쳐 불었기 때문에 홈이 왼쪽에만 파여져 있었다.

때문에 태하와 그녀들이 붙어 있던 오른쪽에는 사람이 숨을 만한 공간이 없었다.

"이런 빌어먹을!"

"보, 보스! 어쩌죠?"

태하는 멜리사와 에밀리아의 손을 잡고 절벽 끝으로 바짝 붙었다.

"이곳에 붙어!"

"하, 하지만 이곳은 그냥 절벽입니다만?"

"붙어! 내가 너희들을 지켜줄 테니까!"

잠시 후, 태하는 자신의 내력으로 절벽을 조금씩 깎아내기 시작했다.

끼기기기기기기기기!

"허, 허어!"

"조금만 더……!"

폭풍의 규모가 쓰나미와 맞먹을 정도로 강력한 이 모래 폭풍에 그대로 노출된다면 십중팔구 사망이다.

태하는 최소한 이 두 사람이라도 살리기 위해 내력으로 굴을 파내기로 한 것이었다.

끼기기기기긱, 퍼억!

"됐다! 두 사람이 들어가기엔 충분해!"

"그, 그럼 보스께선!"

"나는 괜찮다. 알아서 살아남을 수 있어! 이제부터는 절벽 안에서 몸을 웅크리고 생존에만 집중해!"

"보, 보스……!"

바로 그때, 그들의 뒤로 엄청난 양의 모래 폭풍이 날카로운 이빨을 드러낸다.

고오오오오오오!

쾅!

"크윽!"

태하는 곧바로 호신강기를 펼치며 자신을 향해 달아드는 바람과의 사투를 시작했다.

팅팅팅팅!

'반탄지기도 소용없고 심법도 소용없다! 오로지 호신강기 하

나로 버텨야 한다!'

호신강기는 전신에 얇은 장막을 펼치는 무공이기 때문에 반탄지기와 같이 직접적으로 공격을 튕겨내는 구결이 아니다.

그저 급작스러운 상황에 대처하는 장막일 뿐, 근본적인 문제를 해결하는 심법은 아닌 것이다.

때문에 호신강기에 지속적인 공격이 가해질 경우엔 그 장막이 서서히 붕괴될 수밖에 없다.

깡깡깡깡!

"크헉!"

호신강기에 조금씩 금이 가기 시작한 태하는 곧바로 다른 방법을 강구할 수밖에 없었다.

그는 근방에 자신이 숨기 가장 좋은 규모의 홈을 찾아냈고, 그 안으로 마권장을 날렸다.

'단 일격이다! 일격에 성공시키지 못하면 나도 죽는 거다!'

태하는 곧장 자신의 모든 내공을 끌어올려 마권장을 출수했다.

"허업!"

콰앙!

그러자, 그의 앞으로 바윗덩이들이 조각조각 깨져 파편이 되어 돌아왔다.

퍼억!

"커흑!"

폭풍을 타고 날아든 절벽의 파편은 그 힘이 현경 고수의 일
장보다도 위력적이었고, 태하는 그 자리에서 정신을 잃고 말았
다.

*   *   *

모래 폭풍이 지나간 후, 황색 지옥에는 건물 3층에 달하는
모래언덕이 새롭게 생겨나 있었다.

그 바로 앞에 있던 작은 동굴에 숨어 폭풍을 피해낸 존과 케
빈은 일행들이 멀쩡한지 알아보기 위해 고개를 들었다.

"쿨럭, 쿨럭! 괜찮아?"

"뭐, 일단은……."

"제기랄, 사막 횡단 두 번을 했다간 사람이 떼죽음을 당하겠
군."

"그러게 말이야."

다행히도 카메라에 모래가 들어가지 않아 영상을 계속 촬영
할 수 있었다.

"일단 나가자고. 영상은 계속 찍고 있지?"

"물론이지."

존은 협곡에 대고 무작정 소리를 치기 시작했다.

"이봐요! 무사합니까!"

그러자, 이곳저곳에서 사람들이 불쑥불쑥 모습을 드러냈다.

"여기, 여기 있습니다."

"쿨럭, 쿨럭! 간신히 살았군요… 운이 좋았어요."

"두 여성분은? 왼쪽에서 걷고 있던 사람들은요?"

"그게……"

잠시 후, 멜리아와 에밀리아가 하얗게 질린 얼굴로 모습을 드러냈다.

"…주, 죽을 뻔했네!"

"괜찮습니까? 어디 다친 곳은 없어요?"

"…우리는 괜찮아요. 그보다 회장님께서 파편에 맞고 날아가셨어요!"

"뭐, 뭐라고요?"

"당장 그분을 찾아서 응급치료를 해야 합니다! 잘못하면 다신 일어날 수 없을지도 몰라요!"

카트리나는 고개를 가로저었다.

"…모래 폭풍에 한 번 휩쓸리면 그대로 사망이에요. 시신을 찾기도 쉽지 않다는 소리입니다."

"만약 그렇다면 시신이라도 찾아야 해요! 이대로 보스를 내버려 둘 수는 없습니다!"

"그렇다곤 해도 지금 우리는 물도 얼마 남지 않았어요. 이대로 돌아다니는 것은 위험합니다. 일단 체크포인트를 확보하고 나서 그를 찾아보는 것이 현명해요."

"흠……."

"지금 그걸 말이라고 합니까? 당신, 어쩌면 사람이 그렇게 냉정해요? 당신이 같은 상황이었다면 기분이 어떻겠어요?"

"…당연히 기분이 나쁘겠죠. 하지만 별수 없습니다."

기상학자가 보기엔 이 엄청난 규모의 모래 폭풍에 휩쓸려 사람이 살아난다는 것 자체가 어불성설로 들릴 것이다.

때문에 그녀는 차라리 살아남은 사람들끼리라도 체크포인트를 향해 걸어가자는 생각이었다.

하지만 이 모험 자체를 태하 때문에 시작한 두 사람은 그녀의 제안을 거절한다.

"…살고 싶으면 혼자 가요."

"뭐요?"

"이 마귀할멈아! 살고 싶으면 혼자가라고!"

"메, 멜리사……."

"얼굴은 쭈글쭈글 늘어져선 말하는 꼬락서니 하곤!"

"……."

"아무튼 에밀리아와 저는 보스를 찾아갈 겁니다. 카트리나인지 카트리지인지 하는 저 할망구의 말대로 가고 싶으면 가요."

"…지금 말 다했습니까?"

"아니요, 아직 다 안했는데요? 하지만 더 말을 섞기도 싫어요. 당신 같은 냉혈한이랑 내가 무슨 말을 더 하겠어요?"

바로 그때였다.

바스락—.

"으음?"

"저, 저기! 저기에 사람이 있어요!"

아파트 3층 높이의 언덕이 별안간 꿈틀거리더니 그 안에서 사람이 한 명 뚝 굴러떨어지고 있었다.

그리곤 모래와 먼지를 연신 뱉어내며 자신이 살아 있음을 알렸다.

"켁켁, 쿨럭, 쿨럭!"

"보, 보스?"

"이런 빌어먹을… 모래 맛이 텁텁해. 이곳의 모래는 환경오염이 되었나 봐."

"…그런 말도 안 되는 소리가 어디있습니까? 모래는 원래 다 텁텁해요."

"그래?"

태하는 비틀거리는 몸을 이끌고 에밀리아와 멜리사에게 다가갔다.

"괜찮나? 다친 곳은 없어?"

"…저희들보다는 보스, 자신을 더 걱정해야 할 것 같은데요?"

"내가?"

"얼굴이 무척이나 창백합니다. 당장에라도 쓰러질 것 같아
요."

그는 실소를 지으며 자신의 건제함을 표명했다.

"괜찮아. 나는 죽지 않아."

"하지만……."

"일단 갑시다. 체크포인트에서 재정비하는 것으로 하시죠."

"…그럽시다."

일행은 조금 상기된 표정으로 태하의 뒤를 따랐다.

*　　　*　　　*

두 번째 체크포인트 안에 도착한 태하는 그곳의 구석에 앉아
자신의 상태를 진단해 보았다.

지금 그의 신체는 호신강기가 찢어지면서 생긴 타격으로 인
해 혈맥이 뒤틀린 상태였다.

'좋지 않군….'

이대로라면 당분간 무공을 사용하기는 힘들 것이다.

하지만 일상생활에는 큰 지장이 없기 때문에 사막을 횡단하
는 일정 자체에는 큰 차질이 생기지 않을 것으로 보였다.

에밀리아와 멜리사는 태하의 안색을 살피며 도전을 포기하

야 하는 것이 아닌지 의문을 제기했다.

"이만 돌아가는 것이 좋지 않겠습니까?"

"맞아요. 보스께서 쓰러지면 우리는 어떻게 하라고요?"

"후후, 별 걱정을 다 하는군. 그럴 일 없으니 앞으로의 일이
나 잘 생각해보자고."

"정말 괜찮으시겠습니까?"

"물론."

이윽고 몸을 추스르고 있던 태하에게 카트리나가 다가와 안
부를 묻는다.

"괜찮아요?"

"덕분에 멀쩡히 살아는 있군요."

"그럼 다행이네요."

멜리사는 여전히 그녀에 대한 앙금이 풀리지 않아 조금 냉랭
한 눈빛이다.

"괜히 사람 혈압 올리지 말고 저쪽으로 가시죠?"

"……."

"안 그래도 더운데 혈압까지 오르면 어쩌라고요. 안 그래요?"

"…그때는 어쩔 수 없었어요. 만약 그렇지 않았다면 우리는
체크포인트까지 오지도 못했을 것이라고요."

"모든 것은 결과가 말해주는 법, 결국 당신은 그저 겁쟁이에
냉혈한일 뿐이에요."

태하는 여전히 그녀를 비난하는 멜리사를 만류했다.

"그만, 그만해. 더 이상 얼굴을 붉혀서 좋을 것 없잖아?"

"하지만 그래도……."

"이렇게 멀쩡히 살아 있으면 된 것이지."

그는 카트리나에게 악수를 건넨다.

"아무튼 걱정해줘서 고맙습니다. 앞으론 조금 더 서로 조심하도록 합시다."

"네, 그렇게 하죠."

괜찮은지 안부를 물으려 왔다가 욕만 바가지로 먹고 돌아서는 그녀가 불쌍하긴 하지만 한편으론 기분이 썩 나쁘지는 않은 태하였다.

멜리사가 자신의 편을 들기 시작했다는 것은 태하와 멜리사의 사이가 이제 슬슬 가까워지고 있다는 뜻이었기 때문이다.

'그래, 어쩌면 그리 나쁜 여행이 아닐지도 모르지.'

무공이야 다시 연성하면 되는 것이지만 인재는 어디 가서 돈을 주고도 구하기 힘든 것이 현실이다.

태하는 이 세상의 모든 것은 사람으로부터 시작된다고 믿기에 인연은 소중하다고 생각하는 사람이다.

앞으로도 그는 자신의 부하들과 함께 끊임없이 신뢰관계를 쌓으려 노력할 것이다.

＊　　　＊　　　＊

중국 칭다오에 위치한 DMS그룹 본사.

두두두두두두—!

이곳 옥상으로 한 기의 헬리콥터가 모습을 드러냈다.

"회장님 오셨습니까?"

"별일 없나?"

"예, 그렇습니다!"

DMS그룹의 회장 독고성문은 천천히 헬기에서 내려 비서진들의 보좌를 받았다.

비서실장 진서현은 그에게 결재서류들과 함께 한 장의 사진을 건넸다.

"가장 유력한 후보입니다."

"누군가?"

"정확한 출신 성분은 알 수 없습니다만, BS그룹이라는 신생 기업집단의 총수입니다."

"BS그룹이라. 영국에 본사를 두고 있다고 하지 않았나?"

"예, 그렇습니다. 최근에는 미국 보네거트 가문과 가까이 지내는 것 같습니다."

"꽤 걸출한 친구를 둔 청년이군."

"얼마 전에 베이얼른 그룹에서 주최한 보석 경매에서 인연이

닳은 것으로 압니다. 그 사이가 막역해져서 지금은 함께 브랜드를 창립했다고 하더군요."

"그렇군."

독고성문은 청년의 사진을 다시 되돌려주며 말했다.

"자네가 이 정도로 알아보았다면 세작을 심어놓은 것쯤은 기본이겠군."

"물론입니다. 지금 놈이 사막을 횡단하고 있는데, 그곳의 동행으로 따라갔습니다."

"사막 횡단?"

"무슨 음료수 사업을 벌이는 것 같습니다. 그 광고의 일환으로 회장이 직접 사막을 건넌답니다."

"후후, 정말 이상한 청년이군. 회장은 기업의 근간이라는 사실을 모르는 건가?"

"그냥 젊어서 사리분별을 잘못하는 것 아니겠습니까?"

"어찌되었건 괴짜인 것은 분명하군."

이윽고 독고성문은 헬기장 바로 아래층에 위치한 자신의 집무실로 향한다.

지이잉—

집무실로 향하는 자동문에는 황금색 전갈이 그려져 있었고, 그 벽면 역시 형형색색의 전갈들이 향연을 벌이고 있었다.

그는 자신의 수트 재킷을 벗어 수행 비서들에게 건넨다.

그러자 그의 손목과 목덜미에 자리 잡고 있던 전갈의 집게와 독침이 그 모습을 드러냈다.

DMS그룹의 상징과도 같은 전갈 문양은 아예 그의 몸에 문신으로 수놓아져 있었던 것이다.

"총괄이사와 재무이사를 호출하게."

"예, 회장님."

그의 명령에 따라서 아들 독고진과 독고탁이 회장 집무실로 올라왔다.

"부르셨습니까? 회장님."

"지시한 것은 어떻게 되었나?"

"말씀하신 대로 제네럴사의 지분을 제외하고 남은 모든 지분을 회수했습니다."

"고생했다. 잡음은 없었겠지?"

"물론입니다. 애초에 10개 회사 합작으로 시추한 것 자체가 그들에겐 불만이었습니다. 거기에 웃돈을 얹어서 준다는데 팔지 않을 리가 없지요."

"그래, 그럼 되었다."

이윽고 그는 둘째 아들 독고탁에게 물었다.

"그런데 그 자금은 어떻게 융통시킨 것이냐? 대출을 끌어다 쓴 것이냐?"

"아닙니다. 북동부 탄광을 매각시키고 남은 돈으로 화이난

제약을 매수했습니다. 그리고 그것을 다시 제네럴사에 팔아서 자금을 융통시켰습니다. 지분을 인수하는 자금들은 형편에 맞춰서 제가 딜을 봤습니다."

"잘했다. 몇 년 전부터 그들은 화이난제약을 인수하기 위해 혈안이 되어 있었지. 그 점을 아주 잘 노렸구나."

"가까이 지내는 사람일수록 조심해야 한다는 말이 있지요. 반대로 가까이 지내는 사람일수록 이용하기 쉽다는 뜻이기도 하지요."

"그래, 그래. 재무이사로서 책임과 직무를 아주 잘 수행하고 있구나."

"감사합니다."

독고성문은 두 아들에게 또 다른 지시 사항에 대해 물었다.

"그건 그렇고 애초에 내가 작년부터 말했던 것은 어떻게 되었나?"

"에임스 그룹에 대한 것 말씀이십니까?"

"그래. 탁이가 첩자를 심어두었던 것으로 기억한다만."

"예, 회장님. 하지만 얼마 전에 색출이 되었습니다. 그래서 다시 프락치를 심는 중입니다."

"이런… 놈들의 눈치가 보통이 아니다. 조심하여라."

"그 노랑머리 자식이 아주 샌님은 아닌 모양입니다. 일이 쉽지 않습니다."

"흠……."

"하지만 문제없습니다. 조만간 그쪽과의 관계도 청산하게 될 겁니다."

"그래, 그놈들 때문에 지금 우리 가문의 체면이 아주 말이 아니다. 조속히 처단을 하든지 수장을 시키든지, 양단간에 결정을 봐야 할 것이야."

"명심하겠습니다."

이윽고 독고성문이 자리에서 일어서며 두 아들에게 말했다.

"점심 식사는 했느냐?"

"회장님이 오시기를 기다렸습니다."

"후후, 그래. 죽엽청 한잔 어떠냐?"

"좋습니다."

"가자꾸나."

독고성문은 두 아들을 데리고 중국 전통 식당으로 향했다.

*　　　*　　　*

금발의 청년이 찌는 듯한 사막 한가운데에서 혈혈단신으로 서 있다.

휘이이잉—!

사막은 지금 섭씨 50도를 웃도는 기운으로, 잘못하면 얼굴이 지표면의 열에 인해 익을 수 있을 정도다.

하지만 그는 지표면의 열에 아무런 영향도 받지 않는 모양이었다.

그는 좁은 골목을 끼고 있는 넓은 협곡 병풍을 바라보며 감격스러운 표정을 지었다.

"…뚫렸다! 천하의 라임스 집안에서도 성공하지 못했던 이 완벽한 미러진 서클이 파괴되었어!"

감개무량한 표정의 그에게로 한 여성이 날아들 듯이 다가왔다.

팟!

"마스터, 연락이 닿았습니다."

"지금 어디에 있다고 하던가?"

"고비사막 중부를 향해 걸어가고 있답니다. 이제 막 황색 지옥을 벗어난 것 같습니다."

"좋아, 슬슬 우리도 움직이도록 하지."

"하지만 마스터, 문제가 하나 있습니다."

"뭔가?"

"그분께서 아무래도 부상을 당하신 것 같습니다."

"뭐, 뭐라? 상태가 어떻다고 하던가!"

"능력을 전혀 사용할 수 없을 것 같다고 합니다. 어제 모래폭풍이 불어 생존하는 과정에서 부상을 당하신 것 같다고 하더군요."

"…제기랄! 하필이면 왜 지금 이곳에서……!"

"어떻게 할까요? 개입을 해야 합니까?"

"아니다. 일단 시국을 조금 더 지켜보도록 하자고."

"예, 알겠습니다."

이윽고 청년이 하늘을 향해 오래된 카드 한 장을 집어던지며 외쳤다.

"플라이!"

우우우우웅—!

카드에선 밝은 빛을 뿜어냈고, 청년은 그 빛을 타고 하늘을 자유롭게 날아다닐 수 있게 되었다.

"가지."

"예, 마스터."

두 사람은 바람을 타고 협곡을 빠져나갔다.

5. 밀실 |

 사막 횡단 보름 째.

 태하와 일행은 드디어 고비사막 동부를 지나 서부로 향하고
있었다.

 무려 1,600㎞나 되는 사막 횡단의 초입을 이제 막 지났을 뿐
이지만 코스는 점점 더 험해지는 중이었다.

 고오오오오!

 "또 모래 폭풍이 불어옵니다! 어서 피해요!"

 "크흡!"

 일행은 이제 모래 폭풍에 가장 발 빠르게 대처할 수 있는 방안을 찾게 되었는데, 그것은 바로 체크포인트에 있던 장막을 이용하는 것이었다.

체크포인트의 자가발전기에는 기기에 모래가 들어가는 것을 막기 위해 두꺼운 장막이 씌워져 있었다.

그래서 모래 폭풍이 분다고 해도 충분히 고장 나지 않고 버틸 수 있었던 것이다.

제작진은 이 횡단 자체에 모래 폭풍에 대한 고려는 전혀 없었기 때문에 장막으로 방패막을 삼도록 허락했다.

또한, 밤에는 이것을 덮거나 텐트로 개조하여 사용할 수 있도록 했다.

쐐에에에에엥!

"본격적으로 바람이 붑니다! 꽉 잡아요!"

"으으윽!"

태하는 컨테이너를 분해하여 모래 폭풍에도 버틸 수 있는 간이 지지대를 만들어냈다.

이 지지대는 길이 4m가량의 겹 층 구조의 말뚝이라서 접었다 펴기가 유용하며 땅으로 박아 넣기가 수월했다.

그래서 모래 폭풍이 분다 싶으면 곧바로 장막에 말뚝을 박아 폭풍에 견딜 수 있었던 것이다.

휘이이이잉!

엄청난 기세의 폭풍이 몰아치자, 태하의 일행들은 바닥에 말뚝을 박고 잠시 바람이 멎기를 기다렸다.

약 15분 후, 거센 폭풍이 지나가고 다시 고요함이 찾아왔다.

"쿨럭, 쿨럭! 모두 괜찮아요?"

"물론입니다. 그나저나 이 장막 참 괜찮군요."

"사막에서도 모래가 들어가지 않고 버틸 수 있는 장막입니다. 모래 폭풍정도는 거뜬히 버틸 수 있겠지요."

이제 일행은 다시 장막을 둘둘 말아서 7등분으로 나누고 똑같이 가방에 넣어 보관했다.

덕분에 행낭의 무게는 상당히 늘어나게 되었지만 여행의 편리함은 배가 되었다.

존은 이제 좀 살 것 같다며 제대로 된 진행을 하기로 했다.

"앞으로 대략 1,000㎞남았는데, 기분이 어떠십니까?"

"…막막하죠."

"하지만 장막이 생겼으니 그나마 좀 든든하시겠습니다."

"뭐, 그런 셈이죠."

"멜리사, 조금만 더 참아요. 20번째 체크포인트에는 새 신발과 특수방한복 등이 구비되어 있습니다."

순간, 멜리사가 고개를 갸웃거린다.

"뭐, 뭐라고요? 그런 물건들을 왜 이제 와서 지급하는 거죠?"

"고비사막의 초입은 전부 다 초목지대라서 힘들지 않다고 해서요."

"……."

"나도 상황이 이렇게까지 힘들어질 줄은 꿈에도 몰랐어요. 하지만 그래도 나름대로 교훈을 많이 얻었잖아요?"

"교훈 두 번만 더 얻었다간 사람 잡겠네."

"하하, 그러게 말입니다."

"…웃지 말아요. 웃자고 한 소리 아니니까."

"……."

이제 제법 방송다워지려 하는 사막탐험대다.

*　　　　*　　　　*

20번째 체크포인트에 도달한 때는 대략 900㎞를 남겨둔 상황이었다.

이제 조금만 더 가면 중간 정도 왔다고 볼 수 있는 지점에서 존은 일행에게 꽤나 유익한 장비들을 지급했다.

"솔직히 저는 중간까지 올 수 있을 것이라고 생각지도 못했습니다. 대부분이 2~300㎞쯤 가면 포기를 하니까요."

"그렇게 물러빠진 사람들이었으면 애초에 올 생각도 안 했겠죠."

"후후, 그 물러빠진 사람들 중에 PD와 카메라감독도 포함이 됩니다. 우리는 200㎞쯤이면 분량이 다 확보될 것이라고 예상

했습니다. 하지만 이쯤 되니 오기가 생기네요."

존은 일행에게 추위와 더위를 효과적으로 막아주는 기능성 내의와 방한용 침낭, 그리고 A형 텐트를 지급했다. 그리고 이 모든 것을 담을 수 있는 배낭과 9리터짜리 수통도 함께 지급했다.

거기에 사막에서도 발에 무리가 가지 않도록 도와주는 특수 아이젠이 부착된 등산화까지 덤으로 지급되었으니, 여정이 조금 더 윤택해질 것이다.

"이 정도면 우리에겐 아주 호텔이나 다름이 없죠. 안 그래요?"

"그래요, 고마워서 아주 눈물이 다 나려고 하네요."

"왜 진작에 이런 장비들을 지급하지 않았습니까? 아무리 초목지대라 할 만하다고 해도 이건 좀 아니죠."

"아까도 말씀드렸다시피 저는 이곳까지 사람들이 올 수 있을 것이라곤 전혀 상상하지도 못했습니다. 그래서 처음부터 장비를 보급하지도 않았고요."

"…아주 자랑스러운 PD군요."

"아무튼 이곳까지 왔으니 된 것 아닙니까? 이제 우리는 조금 더 수월하게 여행을 할 수 있다고요."

"뭐, 좋아요. 일이야 어찌되었건 일단 출발합시다. 또다시 갈 길이 머니까요."

"그럼 그럴까요?"

이제 일행은 훨씬 좋아진 환경에서 사막을 횡단하게 될 것이다.

$$* \qquad * \qquad *$$

사막 횡단 한 달이 지나자 일행은 이제 사막의 서부에 진입했다.

이곳은 30㎞마다 간헐적으로 모래지대가 펼쳐져 있었으며, 그 이후엔 또다시 혹독한 협곡지대가 모습을 드러냈다.

"헉헉……"

"발이 푹푹 빠지는군. 이건 도저히 사람이 건널 수 있는 곳이 아니야……"

"조금만 쉬었다가 갈까요?"

"안 됩니다. 조금 있으면 또 폭풍이 밀려올 겁니다. 어서 지금보다 더 나은 조건의 지형을 찾아야 해요."

"…젠장, 다시는 내가 사막 횡단에 참가하나 봐라!"

모래지대를 지나면 폭풍이 몰려오고 그곳을 지나면 다시 모래지대가 펼쳐지니, 이것이야말로 미칠 노릇이었다.

"이봐요, 도대체 언제까지 이 미친 짓을 해야 하는 겁니까? 도대체 끝은 어디예요?"

멜리사의 질문에 왕춘풍은 씁쓸한 미소를 지으며 답한다.

"뭐, 앞으로 한 달이면 끝나겠죠? 그동안 사람이 죽지 않고 살아 있다면 말입니다."

"……."

"멜리사, 조금만 더 힘을 내요. 36번째 체크포인트에는 샤워 시설이 있답니다. 그러니 희망을 잃지 말아요."

"샤, 샤워!"

"그래요, 샤워. 아무리 사람이 강인하다곤 해도 어떻게 하루도 안 쉬고 사막을 건널 수 있겠어요? 그래서 그곳에는 제법 괜찮은 규모의 베이스캠프를 세워 두었습니다. 그곳에서 재정비를 해서 다시 출발하도록 합시다."

"후후, 그래! 이제야 조금 기분이 좋아지네!"

까칠한 셋째 딸처럼 계속 거칠게 굴던 멜리사도 이젠 조금 누그러진 듯, 한층 밝아진 얼굴이었다.

태하는 이 모든 상황들이 그리 나쁘지만은 않다고 생각했다.

'이런 경험을 하는 것도 흔치는 않지.'

며칠 동안 무공을 사용하지 못하는 것은 답답하지만 이렇게 정겨운(?)분위기에서 사막을 건너게 될 날이 또 있을까?

태하는 내일이 기대된다는 생각에 미소를 지었다.

*　　　　*　　　　*

태하 일행이 사막 횡단을 한 지 40일이 지나자 일행은 이제 무려 1,200㎞라는 대장정을 거치게 되었다.

서부의 황량한 지대는 초입부와는 비교도 될 수 없는 험준함을 가져다주었지만 이제 슬슬 계절은 여름을 향하고 있었다.

그 뜻은 간헐적으로 비가 내릴 수도 있다는 뜻이었다.

쏴아아아아—!

야밤에 쏟아진 빗줄기로 인해 흙먼지가 가라앉았고, 뜨거웠던 열기 또한 상당히 잦아들었다.

"후우, 공기가 좋군!"

"입김이 조금 나긴 하지만 걷기엔 아주 제격이군요."

400㎞라는 거리는 대략 12일가량의 여정으로 끝낼 수 있는 비교적 간단한 여정이 될 것이었다.

그래서인지 일행들의 표정이 처음보다 훨씬 더 밝아져 있었다.

후두두둑—!

여전히 대지를 적셔주는 가랑비 덕분에 일행은 흙먼지와의 씨름을 계속하지 않을 수 있었다.

게다가 시계가 밝아져 신기루와 같은 왜곡현상에 휘둘리지 않게 되었다.

저벅저벅—

하지만 한 가지 문제가 있다면 사막에 비가 내리는 바람에 신발이 축축하게 젖어버린다는 것이었다.

아무리 방수포를 씌운다곤 해도 땀에 미끄러져 생긴 틈으로 물이 들어가고 있었다.

이것은 사람이 어찌한다고 되는 것이 아닌 모양이었다.

"으윽… 축축하군."

"모래 알갱이와 땀 때문에 방수포가 제 역할을 못하는 모양입니다."

"…비가 오면 만사가 다 해결되는 줄 알았더니, 그건 또 아니군요."

태하는 연신 투덜거리고 있는 멜리사의 어깨너머로 오아시스를 발견했다.

"잠깐, 저기 좀 봐요! 오아시스가 있습니다!"

"오아시스?"

그의 눈에 보이는 곳은 야자수와 수풀이 우거진 오아시스였다.

아마 사막에서 길을 잃고 헤매던 사람이 발견했다면 환장을 하고 달려갔을 그런 곳이었다.

하지만 고비사막 입구에서 워낙 험한 꼴을 당했던 일행들인지라, 이곳에 오아시스가 있다는 것 자체를 인정하려 하지 않았다.

"이상하군… 분명 우리가 처음 이곳에 왔을 때엔 오아시스가 없었어요. 이곳은 그저 가끔씩 비만 오는 그런 황량한 곳이었다고요."

"흠… 하지만 그렇다기엔 너무 사실적이지 않아요? 저게 신기루라고 말하기엔 조금 무리가 있지 않습니까?"

"흠……."

오아시스에서는 시원하고 청량한 바람이 조금씩 불어오고 있었는데, 아무래도 뜨거운 사막의 대기를 우거진 수풀이 산소를 내뿜어 식히고 있는 것 같았다.

조용히 두 눈을 감은 태하는 이것에 또 다른 왜곡현상이 아닌가 싶어 심안으로 오아시스를 들여다보았다.

하지만 그의 눈에는 허상이 전혀 느껴지지 않았다.

"확실해요. 저건 진짜 오아시스가 분명합니다."

"좋아요. 어차피 빗길에 발이 푹푹 빠지느라 고생했을 테니 저곳에서 잠시 쉬었다가 갑시다. 수분도 보충하고 양말도 좀 세탁할 겸 말입니다."

"그래요, 그럽시다."

일행은 대략 300평 남짓 되는 오아시스에 간이 장막을 치고 그 안에 불을 피워 양말을 말리기로 했다.

모든 것을 제한된 수량으로 버텨야 하는 사막에선 양말 한 켤레, 수건 한 장이 귀하다.

때문에 일행들은 오아시스에서 받은 물로 허겁지겁 빨래를 하고 그것을 모닥불에 잘 말렸다.

하지만 그로 인해 오아시스 주변에는 고린내가 진동했다.

"으윽, 고릿고릿한 발 냄새가 아주 독하게 풍기는군요……."

"…마치 치즈를 만드는 것 같지 않아요?"

"…어찌되었건 맡기 힘든 냄새인 것은 분명하네요."

냄새가 지독하다곤 해도 비가 내려 조금 쌀쌀해진 날씨에 모닥불은 포기할 수 없는 포근함을 주었다.

일행은 이곳에서 잠시 낮잠으로 체력을 보충한 후에 길을 떠나기로 한다.

"이곳에서 한 시간만 자고 출발합시다. 그럼 훨씬 나을 거예요."

"오침이라, 좋지요!"

일행은 서로의 침낭을 지그재그로 겹쳐 잠자리를 만들었다.

＊　　　＊　　　＊

쪼르르르—

비가 온 후의 사막에는 대지에 스며들지 않고 협곡을 따라 흐르는 작은 물길이 생겨났다.

일행은 이 물길을 따라 걸으며 뜨거운 태양의 열기를 조금이나마 식히고 있었다.

째앵—!

"여전히 덥군… 사막에선 뭘 어떻게 해도 덥네요."

"그래서 사막 아닙니까? 후우, 그나저나 물이 증발하느라 습기가 생기는 모양입니다. 숨을 쉬기가 힘드네요."

"…그러게요."

아주 짧은 순간이긴 하지만 사막의 물이 증발하면서 만든 수증기는 거대한 한증막더위를 만들고 있었다.

물론 증발 초기엔 시원하다는 느낌을 받았으나 시간이 지날수록 오히려 숨이 막혀오고 있다.

"후우… 어째 가면 갈수록 지형이 더 복잡하고 힘들어지는 것 같네요."

"우리가 만약 서부에서 출발했다면 지금쯤이면 초목지대를 거닐고 있을 테지만, 이곳은 강수량이 그나마 더 적습니다. 수풀이 자라나기엔 무리가 좀 있죠."

남은 거리가 조금씩 줄어들고 있기는 했지만 지형은 서서히 극악으로 치닫고 있는 중이다.

그나마 극서부 지방에는 초목지대가 드문드문 자리 잡고 있어서 마지막 200㎞정도는 무난하게 여행을 할 수 있을 것이다.

일행은 그런 희망을 안고 떨어지지 않는 걸음을 재촉했다.

사막 횡단 45일째.

GPS수신기가 송출하고 있는 지표에 의하면 앞으로 남은 거리는 대략 250㎞ 남짓이었다.

이 정도 거리면 앞으로 8~9일쯤 후엔 여행이 끝날 것이었다.

휘이이잉!

"크윽! 아직도 모래바람이……!"

"어째 하나 쉬운 것이 없는 곳이군요."

초목지대를 불과 50㎞ 남겨 둔 이 시점에선 도저히 숨을 쉴 수도 없을 정도로 강력한 모래바람이 쉬지 않고 불어오고 있었다.

아마도 히말라야 산맥에서부터 넘어온 바람이 초목지대를 거치면서 서서히 수분을 빼앗기면서 조금 더 건조해졌기 때문일 것이었다.

이 고온 건조한 바람은 모래알을 조금 더 거칠게 담고 돌격하기 때문에 한 치 앞을 바라볼 수가 없었다.

"조, 조금만 쉬었다가 갈까요? 이곳에선 모래 폭풍이 불어올 것 같지는 않은데요."

"아닙니다. 이제 곧 체크포인트입니다. 차라리 조금 더 힘을 내서 체크포인트에서 하루 묵었다 가는 것이 낫지 않겠어요?"

"…좋아요. 하지만 이번에도 지도를 잘못 본 것이라면 아이젠으로 머리를 찍어버리겠어요."

"아, 알겠습니다."

45일간의 여행으로 인해 일행들의 신경은 바짝 날이 서 있었다.

아마 누군가 곁에서 시비라도 건다면 단 1초도 지나지 않아 서로 주먹을 날릴 지경이었다.

존의 제안으로 인해 휴식 시간 없이 강행군으로 마지막 5㎞의 스퍼트를 올리던 일행은 점점 더 거세지는 모래바람 앞에 고개를 숙이고 말았다.

고오오오오!

"크윽!"

"이, 이거 모래 폭풍 아니에요?"

"아, 아닙니다! 모래 폭풍은 아니에요! 그냥 잠시 돌풍이 부는 것뿐입니다!"

"제기랄! 무슨 돌풍이 이렇게 심하게 불어요?"

바로 그때였다.

스스스스스스—!

"으, 응? 모래가 왜 반대방향으로……."

사람들의 얼굴을 탁탁 치던 모래들이 이내 반대방향으로 방향을 바꾸어 서서히 빨려 들어갔다.

그리고 그 중앙에선 천천히 소용돌이가 형성되고 있었다.

쿠그그그그그, 쐐에에에에엥!

"회오리바람입니다! 세상에, 사막에 소용돌이가 발생하다니!"

"이런 제기랄! 도망쳐요!"

불과 10m 전방에서 발생한 소용돌이는 주변의 모래들을 끌어안고 빠른 속도로 진격해왔다.

만약 저 안에 빨려 들어가게 된다면 모래 폭풍에 파묻히는 것과는 비교도 할 수 없을 정도로 처참하게 죽어버릴 것이었다.

일행들은 피곤에 지친 몸을 이끌고 미친 듯이 달리기 시작했다.

"허억, 허억!"

"힘내요! 여기서 넘어지면 정말 여지없이 목숨이 끊어지고 말 겁니다!"

"젠장!"

지금 태하에게 진기가 조금이라도 남아 있었다면 회오리바람 자체를 파괴시켜 버렸을 테지만, 애석하게도 지금은 그럴 여유가 전혀 없었다.

'빌어먹을! 하필이면 지금 이런 말도 안 되는 일이······!'

전력을 다해 내달리던 태하는 자신의 앞에 서 있던 멜리사가 갑자기 아래로 쑥 빨려 들어가는 것을 목격했다.

"꺄악!"

"멜리사!"

태하는 달리던 걸음을 멈추고 그녀가 사라진 바닥을 손으로 더듬어 보았다.

스스스스—.

"모래 지옥?"

사막에선 가끔씩 거대한 싱크홀처럼 모래가 빨려 들어가는 현상이 벌어지곤 하는데, 이것을 흔히 모래 지옥이라고 부른다.

마치 늪처럼 사람을 잡아끄는 모래 지옥에 한 번 빠지면 혼자서는 결코 살아남을 수 없기로 유명했다.

태하는 하는 수 없이 그녀를 구하기로 결심했다.

'이판사판이다!'

그리고 아직 갈무리되지 않은 내공을 사용하여 호신강기를 펼치고는 그녀를 향해 몸을 던졌다.

우우우웅, 팟!

*　　　　*　　　　*

솨아아아아—!

"으아아아악!"

도대체 끝이 어디인지 알 수도 없을 정도로 긴 모래 지옥을 타고 아래로 떨어져 내리던 태하는 문득 자신의 앞을 스치는 멜리사를 발견한다.

"……"

"멜리사!"

그녀는 이미 정신을 잃은 것으로 보였고, 코와 입에 모래가
잔뜩 들어가 있었다.

아마도 이곳으로 빨려들어 오면서 구멍이란 구멍엔 모두 모
래가 들어찬 것으로 보였다.

일단 그는 자신의 호신강기 안으로 그녀의 얼굴부터 끌어들
였다.

끼기기기기긱!

"크으으으윽!"

하지만 호신강기 안에 또 다른 사람을 들여온다는 것은 상당
히 힘들고 위험한 일이었다.

얇은 장막에 사람을 집어넣었다간 막이 찢어져 다시 한 번
진기가 밖으로 새어 나가는 참사가 벌어질 수도 있었기 때문이
다.

그러나 지금 이 상황에선 태하가 취할 수 있는 다른 조치가
전혀 없었다.

꿀렁~

다행이도 태하의 장막 안으로 그녀가 들어오긴 했으나, 두 사
람 모두 상태가 썩 좋지는 않았다.

"빌어먹을, 도대체 이런 모래 지옥이 있었다는 것을 왜 진작
파악하지 못했던 것이지?"

존은 이곳에 대장정코스를 개척하던 당시, 차량을 타고 미리 답사를 거치고 부대시설을 갖추어 놓았다.

그러는 동안 이런 모래 지옥과 소용돌이를 발견하지 못했다는 것은 우연치곤 무척이나 지독한 것이었다.

만약 존이 이런 위험한 곳이 있다는 것을 알았다면 결코 대장정 코스를 짜지도 않았을 터였다.

처음 그가 했던 말처럼 지금 이 대장정에서 사람이 죽는다면 방송가에서 목이 달아나는 사람은 한두 명이 아니기 때문이다.

그런 엄청난 모험을 감수하면서까지 촬영을 단행할 정도로 존은 바보가 아니다.

"갑자기 생겨난 위험지역이란 말인가……!"

더 이상의 추론은 힘을 빼는 수단일 뿐, 태히는 어떻게 하면 자신이 살아날 수 있을지 생각해본다.

"모래를 거슬러 오른다… 그것이 가능할까? 아니, 아니지……"

모래 지옥 자체를 폭파하는 일은 아예 상상조차 하지 못하는 지금의 태하이니, 어쩔 수 있는 방법이 없었다.

하지만 바로 그때, 그의 허리로 묵직한 무언가가 느껴졌다.

쿠웅!

"크헉!"

도대체 얼마나 긴 거리를 떨어져 내린 것인지 알 수도 없던 태하의 등에 드디어 땅이 닿았다.

그러나 그와 동시에 태하의 호신강기가 깨지면서 그의 내단에 상처가 나버렸다.

쨍그랑!

"허억, 허억!"

제 아무리 현경에 이른 무인이라곤 해도 63빌딩 옥상에서 아무런 방비 없이 떨어지면 목숨을 부지하기 힘들 것이다.

그나마 호신강기로 몸을 보호하고 있었기에 망정이지, 그렇지 않았다면 지금쯤 태하는 벌써 오체분시가 되어버렸을 것이다.

그녀를 안고 자리에서 일어선 태하는 가까스로 모래가 떨어져 내리는 폭포에서 벗어나 안전한 지역으로 끌어냈다.

"멜리사! 멜리사!"

하지만 그녀는 여전히 의식을 되찾지 못한 채로 미동 없는 모습으로 일관했다.

일단 태하는 그녀의 입에 가득 차 있던 모래들을 빼내어 기도를 확보하고 호흡이 가능한지 알아보았다.

"……."

'이런, 호흡이 없다!'

태하는 그 즉시 심폐소생술에 들어갔다.

쿡쿡쿡!

"후웁, 후웁!"

라이프가드 자격증을 소유하지 않은 태하였지만 지금까지 살아오면서 그가 겪은 심폐소생술 교육들에서 지식을 얻은 것이었다.

태하는 그녀의 30회 가슴 압박을 실시한 후, 인공호흡 2회를 실시하여 심장에 자극이 가도록 했다.

그렇게 약 3회 가량 반복했으나 그녀는 되살아날 기미가 보이지 않았다.

"……."

"제기랄! 어떻게 된 거지? 모래가 폐에까지 들어가 버렸나?"

너무 많은 양의 미세먼지가 폐로 한꺼번에 들어갔다면 지금과 같은 무호흡 증상이 나타날 수도 있을 것이다.

하지만 외과의사가 아닌 이상에야 지금 그녀가 왜 일어날 수 없는지 알아 낼 수 있는 방법은 없었다.

시간이 지날수록 그녀의 몸은 점점 더 싸늘하게 식어갔다.

"…별수 없지."

태하는 그 즉시 주변에 있던 돌멩이들로 55개의 기본진으로 이뤄진 생명진을 형성하기 시작했다.

슥슥슥―!

심장이 제 기능을 하지 못한 지 4~6분이 지나면 뇌에 산소가 공급되지 못해 사망에 이르거나 뇌사상태에 빠질 수도 있다.

아무리 운이 좋아 목숨을 건진다고 해도 평생 생명 유지 장치에 의존하여 살아가야 할 운명이 될지도 모른다.

태하는 그때가 지나기 전에 그녀를 살려내기로 마음을 먹은 것이다.

"돼, 됐다!"

비록 내력이 많이 부족한 상태였으나 나한천수의 구결들은 여전히 태하에게 신묘한 손길을 만들어주었다.

덕분에 늦지 않게 진을 형성한 태하였지만, 문제는 이곳에 화경 이상의 내력을 불어넣어야 한다는 것이었다.

그렇기 때문에 태하는 지금 그의 심단전에 남아 있는 내력만으로 그녀의 심장을 되살릴 수 있는 방안을 모색했다.

그것은 바로 생명진에서 얻어낸 진력을 오로지 심장 한 군데로 공급해 주는 것이었다.

"…가능할지 모르겠군."

지금껏 그 누구도 시도한 적이 없었던, 심지어 생명진을 만들어낸 설화령마저 상상하지 못했던 술법이 실행되려는 것이다.

그는 자부좌를 틀고 앉아 그 위에 멜리사를 얹어 자세를 잡았다.

툭툭툭—!

태하는 오로지 심장이 힘을 받기에 가장 적합한 혈 자리들만 골라 그 길을 터주었다.

"후우… 간다!"

이제 태하의 손을 따라 생명진의 진력이 점혈된 혈 자리들에게만 스며들게 된다.

우-우-우웅— 팟!

"크헉!"

심단전에 자리 잡고 있던 빙백신공의 내공은 그가 평소에 가지고 있던 내공의 1/10도 채 되지 않는 양이었다.

이 정도 양으로 생명진을 가동시킨다는 것 자체가 어불성설이었으나, 그는 자신의 심장이 깨어지는 고통을 감내하기로 했던 것이다.

"…한 번 더 간다!"

우-우-우웅, 팟!

잠시 후, 태하의 손길에 닿은 그녀의 심장이 살짝 부풀어 오르더니 이내 노란 흙먼지 덩어리를 내뱉어냈다.

"쿨럭, 우웩!"

"서, 성공이다……!"

이제 그녀는 또다시 숨을 쉴 수 있게 되었고, 태하는 그녀가 다시 숨을 쉬는 것을 확인하자마자 정신을 잃고 쓰러지고 말았다.

＊　　　＊　　　＊

<u>고오오오오오─!</u>

대지에 남은 모든 것들을 집어삼킬 것처럼 불어 닥쳤던 회오리바람이 서서히 잦아들면서 고비사막에는 또다시 평화가 찾아왔다.

가까스로 회오리바람에서 벗어나 목숨을 건진 일행들은 황망한 눈으로 모래 지옥이 자리 잡고 있던 곳을 파내려가기 시작했다.

퍽퍽퍽퍽!

"제기랄! 도대체 어떻게 된 거지? 이봐요, 왕씨! 분명 회장님과 멜리사를 삼킨 모래 지옥이 여기에 있었습니다! 그런데 지금은 왜 없어진 건가요?"

"아무래도 지하를 막고 있던 암반이 회오리바람으로 인해 열렸다가 바람이 그치면서 닫힌 것 같습니다."

"…그게 가능합니까?"

"이 세상에는 수많은 경우의 수가 있어요. 회오리바람이 암반을 움직이지 말라는 법은 없지요."

"그럼 모래 지옥은 왜 생겼던 건데요?"

"모래 지옥은 지하암반을 뚫고 나온 물이 모래 입자에 수분을 공급시켜 생겨나는 현상입니다. 즉 모래가 물에 젖어 마찰력이 줄어드는 것이지요."

"때마침 비가 온 이후니까……."

"어쩌면 모래 지옥이 생겨난 것은 당연한 일이라고 볼 수 있습니다."

"그, 그럼 지금 회장님과 멜리사는 어디에 있죠?"

"…글쎄요. 운이 좋았다면 암반 아래로 내려갔을 것이고, 그렇지 않다면 지금쯤 모래에 갇혀 사망했겠지요."

"허, 허어!"

"일단 체크포인트로 가서 짐을 다시 꾸려서 암반을 수색해 봅시다. 사람이 빨려 들어갈 정도의 암반이라면 동굴을 통해 내려가는 길이 있을 겁니다."

"…알겠어요. 일단 가시죠."

그녀는 사고지점에 긴 꼬챙이를 꽂아 넣어 표시를 한 후, 인근에 있던 체크포인트로 향했다.

태하를 잃어버린 일행들은 존이 가지고 있던 지도를 통해 체크포인트 인근에 대략 150개 정도의 동굴이 있다는 것을 알 수 있었다

그중에서도 왕춘풍은 10㎞ 전방의 동굴과 20㎞ 후방에 위치한 동굴이 위치상 가장 유력한 후보라고 말했다.

"우리가 거쳐 왔던 오아시스와 지금의 지형을 고려해 보았을 때, 이 두 개 지점에 암반으로 통하는 길이 있을 확률이 높아요."

"확실해요?"

"그거야 모르죠. 학자라고 모든 것을 다 꿰뚫고 있을 수는 없습니다. 일단 제가 할 수 있는 모든 추론을 통해 가설을 세운 것이지 저곳에 사람이 있으리란 보장은 없어요."

"…모든 것이 불확실하네요."

존은 이 모험이 이제는 더 이상 무의미했다고 생각했다.

"일단 다음 체크포인트로 가서 무전기를 사용하도록 합시다."

"무전기? 그런 것이 있어요?"

"이런 상황이 벌어질 것에 대비하여 두 개 건너 하나의 체크포인트에 무전기를 설치해 두었습니다. 이 무전기는 위성 신호로 통하기 때문에 가장 가까운 구조대에게로 전파를 송신하게 됩니다. 그렇게 되면 우리를 구하려 사람이 급파될 거예요."

"하지만……."

에밀리아는 태하의 실종으로 인해 거의 다 온 원정길이 산산조각 난다는 생각에 쉽게 결정을 내릴 수가 없었다.

그러나 존은 그녀에게 가장 중요한 것이 무엇인지 역설했다.

"이 세상 모든 것 중에 사람이 가장 중요합니다. 카미엘 엑트린 회장이 사라진다면 이 도전은 아무런 의미가 없다고요. 아시겠어요?"

"…알겠습니다."

"일단 다음 체크포인트로 갑시다. 그곳에서 무전기로 구조를
요청하기로 하죠."

"그래요……."

결국 에밀리아는 이 도전을 미완으로 끝내기로 했다.

6. 밀실 II

유사를 타고 암반으로 떨어지고 난지 얼마나 지났을까?

"으음……."

태하는 드디어 몽롱한 정신을 붙잡고 자리에서 일어날 수 있었다. 그는 자리에서 일어서자마자 심정지가 왔었던 그녀가 제대로 살아났는지 확인했다.

"멜리사, 멜리사!"

"우음……."

"일어나 봐! 정신을 차려!"

그제야 멜리사는 말끔한 표정으로 자리에서 일어나 기지개를 편다.

"으윽! 잘 잤다! …보스? 왜 그렇게 거지꼴을 하고 계세요?"

"…자네가 얼마 전에 어떤 일을 겪었는지 잊었나?"

"그러고 보니 난……."

"유사에 휩쓸려 이곳까지 내려오면서 심정지가 왔었어. 잘못 하면 죽을 수도 있었다고."

"그럼 그 상황에서 제가 어떻게 살아난 거죠?"

"운이 좋았다고 해두지."

"그, 그런 어정쩡한 대답이 어디 있어요? 보스가 저를 살려주 셨나요?"

태하는 슬그머니 미소를 지었다.

"아니, 나의 사부께서 살려주신 것이지."

"사부?"

"아무튼 그런 것이 있어."

자리를 털고 일어선 두 사람은 이제 이곳이 과연 어디인지 알아낼 필요가 있다고 느꼈다.

태하는 우선 자신의 몸이 얼마나 회복되었는지 되짚어보았다.

백회를 시작으로 심단전, 중단전, 하단전까지 그의 진기를 담 고 있었던 모든 구역을 샅샅이 뒤져보았다.

'진기가 넘친다! 어, 어떻게 된 일인가?'

분명 사막에서부터 상처를 입어 그녀를 되살리는 동안 심장이 거의 폭발하다시피 했던 태하였다.

그럼에도 불구하고 지금 태하의 심장은 멀쩡하게 주변에 가득한 진기를 마음껏 빨아들이고 있었다.

한마디로 그의 심장은 아주 활발하게 제 할 일을 다 하고 있다는 소리였다.

"이상하군……."

"그래요, 이상하죠. 우리가 왜 이런 수상한 곳으로 떨어졌을까요?"

"그건 지금부터 우리가 찾아봐야 할 일이지."

지금 이곳은 햇빛 하나 들지 않는 암흑천지이지만 태하의 눈에는 아주 환하게 밝은 대낮과 같았다.

그는 심안으로 이 캄캄한 동굴을 둘러보며 과연 이곳이 어떤 구조로 되어 있는지 확인해 보았다.

우우웅, 팟!

"허, 허억!"

"왜 그러십니까? 무슨 문제라도 있어요?"

"아, 아니……."

태하는 이곳의 전경을 심안으로 확인하곤 화들짝 놀라지 않을 수 없었다.

지금 그가 서 있는 이곳은 사방이 온통 진법으로 뒤덮인 일종의 밀실이었던 것이다.

한마디로 지금 두 사람이 잘못해서 발이라도 헛디뎠다간 도 대체 무슨 일이 일어날지 알 수가 없다는 소리였다.

'뭐지? 도대체 이렇게 고강하고 복잡한 진법을 누가 고안했단 말인가? 이건 설화령 사부의 스타일과 전혀 달라… 누군가 일 부러 이곳을 보호하기 위해 진법을 짜놓은 것이 틀림없다.'

설화령은 아예 사람을 대놓고 말살시키는 다소 잔인한 진법 들을 짜놓긴 하지만, 그것을 돌파할 수 있는 실마리는 항상 같 은 곳에 둔다.

얼음괴물이나 사력진과 같이 무지막지한 진법이라곤 해도 그 녀의 진법에 대해 조금이라도 알고 있다면 누구나 그 해법을 찾 아낼 수 있다.

하지만 지금 이곳을 구성하고 있는 진법들은 하나같이 그 정 체를 알 수 없는 수수께끼들로 가득 차 있었다.

이제 태하는 이곳 갇혀 꼼짝없이 연구에 연구를 거듭할 수 밖에 없게 된 것이었다.

"빌어먹을……."

"보스?"

"아무래도 이곳에 갇힌 것 같아. 이곳 주변에는 정체를 알 수 없는 트랩들이 가득해. 잘못하면 이곳에서 죽을 수도 있다."

"허, 허어! 그런 말도 안 되는 일이……."

"그래, 믿을 수 없지만 사실이야. 도대체 이곳에서 어떻게 빠져나가야 할지 감이 오지를 않는군."

"그럼 이젠 어쩌죠? 이대로 여기서 꼼짝없이 죽는 겁니까?"

"아니, 그럴 수는 없지. 함께 이 난관을 헤쳐 나갈 수 있는 길이 있는지 알아보자고."

태하와 그녀는 진법이 얽히고설켜 있는 지하암반으로 첫 발을 내디뎠다.

쿡!

그녀를 자신의 등 뒤로 숨긴 태하가 첫 번째 진법에 발을 담그자 바닥이 약간 꺼지더니 의문의 장체가 작동하는 소리가 들렸다.

끼릭, 끼릭―

"보, 보스, 뭔가 좀 이상한데요? 여기에 무슨 장치가 되어 있는 것 같아요."

"내 생각도 그래. 이 지하에 장치라니, 진법이 아니었나?"

"진법이요?"

"자네를 살린 것과 비슷한 술법이지. 왜, 얼마 전에 내가 마피 아들을 소탕했을 때 보여주었던 것 같은데?"

"아아! 그 낮도깨비 같은 술법 말입니까?"

"그래, 맞아. 나는 이곳이 그 술법으로 가득 차 있다고 생각했는데, 그건 아닌 것 같아. 도대체 이 장치는 뭐지?"

태하는 일단 그녀를 뒤로 물린 후에 다시 발을 떼어본다.

끼릭, 쿵!

"허, 허억!"

"뭐, 뭐지? 뭔가 작동하는 건가?"

잔뜩 긴장한 두 사람은 연신 마른침을 삼켜댔다.

꿀꺽, 꿀꺽!

하지만 여전히 아무런 일이 벌어지지 않고 있었다.

"별일이네……"

"계속 앞으로 가볼까?"

"그러시죠."

어느새 자웅동체처럼 찰싹 붙은 두 사람이 두 번째 진에 발
을 올려놓았다.

철컥!

"……"

"아무 일이 없네? 혹시 그냥 보스가 지레 겁을 먹은 것 아니
에요?"

"쉿! 잠깐……!"

태하는 자신이 진법을 발로 밟자마자 무형의 기운이 이 동굴
을 가득 채워온다고 생각했다.

그리고 그 기운이 폭발할 것처럼 가득 차오를 쯤, 드디어 이
상 현상이 벌어졌다.

끼기긱, 끼기기긱!

콰앙!

"으, 으헉!"

"꺄아아아악!"

두 사람을 지탱하고 있던 지반이 푹 꺼지면서 그들은 또다시 끝을 알 수 없는 추락을 거듭하게 되었다.

＊　　　　＊　　　　＊

서울중앙지검 공안부 소속 검사관 두 명을 대동한 유주가 베트남 하노이에 도착해 있다.

그녀는 북한 고위급 간부 이석칠의 귀화 요청으로 인해 국정원 대북공작과 요원들과의 합동작전을 펼치고 있었던 것이다.

북한군 인민군 무력부부장을 역임했던 이석칠 상장은 약 한 달 전, 서해 NLL를 통하여 중국, 미얀마를 거쳐 베트남으로 피신했다.

그리고 베트남 주재 한국 대사관을 통하여 한국 정부에 망명을 요청해 왔던 것이었다.

현재 한국 정부는 국정원을 통하여 이 소식이 밖으로 새어 나가지 않도록 전력을 다 하고 있었다.

그런 가운데 유주가 검사관과 함께 이곳에 온 것은 귀순에 대한 법적인 절차를 자문하기 위함이었다.

또한 이석칠은 이제 곧 국정원을 거쳐 공안부 심사과로 향할 예정이기 때문에 미리 그 사전 작업을 해두려는 것이었다.

　인민군 무력부부장이라는 직책은 상당히 고위직이기 때문에 쉽사리 다룰 수 없다는 것이 한국 정부의 입장이었다.

　때문에 국정원과 공안부 모두 이석칠의 귀순에 신경을 곤두세울 수밖에 없었던 것이다.

　그녀는 귀순에 필요한 서류들을 준비하여 이석칠에게 전달하고 그에 따른 적법한 절차를 모두 다 수용하겠다는 각서를 받아냈다.

　"지금부터 이석칠 씨는 인민군 상장이 아니라 한국 정부로 망명한 퇴역 군인입니다. 아시겠지요?"

　"알겠소."

　수척한 얼굴의 이석칠에게 그녀가 담배를 한 개비를 권했다.

　"한 대 피우시겠습니까?"

　"고, 고맙소⋯⋯."

　그녀는 이석칠에게 담뱃불을 붙여준 후, 곧바로 다음 절차를 거쳤다.

　"또한 인민군에서 있었던 모든 경험과 지식들을 한국 정부로 제공하여야 하며 필요시엔 언제라도 정부에 조언을 해주셔야 합니다. 받아들이시겠습니까?"

　"알겠소. 적극적으로 협조하리다."

"예, 알겠습니다. 그럼 이것으로 귀순 및 망명 절차를 시작한 것으로 간주하겠습니다. 이제부터는 이석칠 씨를 우리 한국 정부가 보호하고 돌봐줄 겁니다. 앞으론 신변에 대한 걱정을 할 필요가 없어요."

"고맙소……."

이제부터 그녀는 이곳에서 대략 사나흘 정도 머물면서 그에게 필요한 모든 법적 절차를 대신해 줄 것이다.

한마디로 지금부터 한국으로 입국할 때까진 그녀가 이석칠의 변호인이 된다는 뜻이었다.

아무리 국정원과 공안부가 대한민국의 녹을 먹는 한 식구라고는 해도 업무가 완벽히 통일되는 것은 아니다.

공안부는 국정원이 혹시라도 이석칠에게 부당한 대우를 하거나 무리한 요구를 할 시에 법적인 대응을 할 수 있도록 도와줄 것이다.

아직까지 그가 완전한 한국인은 아니었기에 변호사를 선임하기 힘들고 법에 대해 무지하기 때문에 한국 정부가 배려 차원에서 유주를 보낸 셈이었다.

그녀는 이석칠에게 미소를 지으며 물었다.

"식사하셨습니까?"

"…일주일째 아무것도 못 먹었소. 먹을 것을 좀 줄 수 있겠소?"

"물론입니다. 한식을 좋아하십니까, 양식을 좋아하십니까?"

"아무것이나 먹을 것이라면 다 좋소."

"알겠습니다. 금방 준비해서 올리겠습니다."

그녀는 수사관들에게 그의 식사를 준비하도록 지시했다.

이석칠의 망명을 위해 마련한 안전 가옥 안, 이곳에선 돼지고기를 넣은 돼지고기 김치찌개가 보글보글 끓고 있다.

유쥬는 넓은 전골냄비에 김치와 각종 야채, 그리고 만두와 돼지고기를 넣고 한소끔 끓여 두부로 마무리했다.

"드시죠."

"김치찌개이오?"

"네, 그렇습니다."

"흠, 찌개라기보다는 전골에 가깝군."

"제가 살던 지역에선 김치찌개를 이렇게 먹습니다. 마지막엔 라면 사리를 넣지요."

"라면 사리?"

"두부를 모두 다 건져 먹고 난 후에 라면 사리를 넣어 드리겠습니다. 밥을 볶아 먹기 전에 넣으면 됩니다."

"뭐, 아무튼 잘 알겠소. 맛있게 먹으리다."

유쥬는 중학교를 들어간 이후론 집 밖으로 나서지 못 한 채 신부 수업과 학과 공부를 병행하면서 살았다.

그때 그녀는 반항에 의미로 가끔씩 주말마다 태하가 직접 손으로 지은 오두막으로 놀러 가곤 했다.

태하는 어려서부터 손재주가 좋아서 어깨너머로 본 오두막 시공을 그대로 옮겨 자신이 직접 집을 지었다.

비록 투박하긴 했어도 전기에 가스까지 들어오는 알찬 오두막이었다.

유주는 거기에서 김치찌개에 좋아하는 사리를 듬뿍 넣은 전골로 쓰린 속을 달래곤 했었다.

물론, 그때 처음으로 소주를 배워 지금까지 즐기고 있는 중이다.

그녀는 한국에서 사온 소주를 이성칠에게 대접한다.

"한잔하시죠."

"그럽시다."

이성칠은 한국에선 꽤나 독한 술로 통하는 소주를 한 모금 마시더니, 이내 물컵에 있던 생수를 모두 쏟아냈다.

촤락!

"감질나서 못 먹겠군. 여기다 한 잔 주소."

"화끈한 성격이시군요."

"나도 한 때는 군인이었소. 술은 내 인생에서 빼놓을 수 없는 한 가지지."

그는 물컵에 담긴 소주를 한 번에 다 들이킨 후, 깊은 한숨을 토해냈다.

"크흐! 좋군!"

"어떠십니까? 이제야 좀 속이 풀리십니까?"

"그렇소. 이제야 좀 살 것 같소."

그녀는 이성칠에게 다시 한 잔 술을 따르며 물었다.

"그나저나 우리 측에 제시하기로 했던 교환 목록이 뭡니까? 듣자 하니 공안부에서는 그 물건을 공식적으로 검찰에 넘기고 종국에는 국방부와 직접 협상을 해야 할 것 같다고 하던데 말입니다."

"후후, 알고 있었소?"

"지금은 세력이 약해졌다곤 해도 공안은 공안입니다. 모를 리가 없잖습니까?"

그는 고개를 가로저었다.

"아니오, 차라리 모르는 편이 낫소. 괜히 알았다간 당신의 신변만 나빠질 것이오."

"아는 것이 힘이지요. 제가 그 비밀을 알아야 국방부와의 협상에서 조금 더 높은 고지를 점하게 해드릴 수 있습니다."

이성칠은 연신 고개를 가로저었다.

"이건 당신이 알기엔 너무 위험한 물건이라오. 그냥 모르는 편이 낫다니까 그러네."

"흠······."

그는 남은 소주를 자신의 잔에 모두 털어 넣으며 말했다.

"그리고 당신이 모르는 한 가지가 있소."

"예?"

"나는 반드시 한국에 귀화한다고는 하지 않았소. 당신은 모르고 있었겠지만, 나에게는 지금 일본과 중국에서도 귀화를 제의해왔소."

"이, 일본과 중국에서······?"

"···미국에서도 제안을 했었고."

"······!"

유주는 공안부에서 자신을 보낸 것에 대한 의문감이 들 정도로 이 사건이 엄청나다고 직감했다.

'정말 이성칠이 무슨 카드를 들고 있는지 알고는 있는 건가?'

이윽고 이성칠은 그녀에게 사진을 한 장 건네며 말했다.

"나는 내 가족들을 구해 오는 쪽에게 내가 가진 뭔가를 넘기기로 했소. 나와 함께 서해상에서 배를 타기로 했다가 실종되고 말았지. 내 생각엔 지금쯤 수용소로 가는 중이거나 미아가 되었을 것이오."

"그렇다는 것은······."

"···나도 생사를 모르오. 그래서 일부러 내가 가진 비장의 카드를 무기로 꺼내든 것이오. 원래는 한국으로 귀화하는 즉시 국방부에 알리고 그들에게서 상을 받으려 했었지. 하지만 이젠 나로서도 어쩔 수 없게 되었소."

"……."

"어떻소? 이래도 내가 무엇을 가지고 있는지 알고 싶소?"

"…물론입니다."

그녀는 가방에서 또 한 병의 소주를 꺼내어 식탁에 올리며 말했다.

"만약 제가 가족들을 찾아드린다고 약속하면 그 물건이 무엇인지 알려주시겠습니까?"

"…뭐요?"

"제게 방법이 있습니다. 만약 수용소에 가족들이 갇혀 있다면 007을 보내서라도 찾아드리겠습니다."

"……."

"저에게 말씀하시는 편이 좋습니다. 그래야 앞으로 당신이 조금 더 좋은 조건으로 귀화 생활을 할 수 있어요."

그녀의 단호하고도 당돌한 태도에 그는 미묘한 표정을 지었다.

"공안의 정보력이 그 정도란 말이오?"

"물론 공안의 정보력은 거기에 못 미칩니다. 사실상 공안에선 그런 위험을 감수하려 하지도 않을 것이고요. 70~80년대의 공안이었다면 특작부대를 보내서라도 가족들을 데리고 왔겠지요. 하지만 이제는 공안부에선 그런 일을 못 합니다."

"…그럼 어떻게 내 가족들을 찾아내겠다는 말이오?"

"저에겐 잘 아는 사설 조직이 있습니다."

"……?"

"제 친구는 그 사설 조직의 수장입니다. 아시는지 모르겠습니다만, 얼마 전 한국에선 교도소 파옥사건이 일어났지요."

이성칠은 화들짝 놀라 그녀에게 되묻는다.

"그, 그런 정보를 막 발설해도 된단 말이오?"

"사람이 뭔가를 얻으려면 그에 합당한 대가를 치러야 한다고 생각합니다. 당신도 그 하나를 믿고 북한을 탈출한 것 아닙니까? 그러니 이 하나가 없다면 목숨을 잃는 것이나 마찬가지지요."

"후후, 배짱이 두둑한 아가씨군."

"아가씨가 아니라 검사입니다."

그녀는 이성칠에게 마지막으로 다시 한 번 물었다.

"어떠십니까? 지금 만약 저의 제안을 받지 않으신다면 모든 것을 없던 일로 해드리겠습니다."

"…하지만 나로선 위험한 비밀을 하나 알게 된 셈이군. 현직 공안검사가 파옥까지 감행한 조직과 연루가 되어 있다……."

"잘못하면 그들에게 살해를 당할 수도 있겠지요. 저는 그들의 끄나풀이나 마찬가지니까요."

"하하, 사람을 아주 묘하게 엮어버리는 재주가 있구려."

"뭐, 실제론 그보다 조금 더 소프트한 사람들입니다. 아무나 막 죽이는 꼴통들은 아니니까요."

"……"

이성칠은 복잡한 심경에 사로잡힌 듯, 술잔을 빙빙 돌리며 생각에 잠겼다.

그리고 잠시 후, 그는 천천히 고개를 끄덕였다.

"좋소… 응하겠소."

"저의 제안에 응하시는 겁니까?"

"물론이오. 하지만 한 가지 약속해 주시오. 그 어떤 일이 있다고 해도 나를 버리지 않겠다고 말이오."

"당연한 일입니다. 만약 정부에서 당신을 버린다면 제가 말했던 조직에게 위탁을 해드리겠습니다. 그들은 정부도 어쩔 수 없는 유령 같은 사람들입니다. 유사시엔 제가 할 수 있는 모든 것을 하겠습니다."

"고맙소……."

이제 그는 본격적으로 자신의 얘기를 털어놓기 시작했다.

＊　　　　＊　　　　＊

쿠쿠쿵, 콰앙!

"크헉!"

태하는 천마군영보를 펼쳐 떨어져 내리는 자신을 최대한으로 보호했지만 그것으론 역부족이었다.

무언가 엄청난 압력이 태하에게 작용하여 꼼짝없이 모래밭에 쑤셔 박히는 꼴을 면치 못했던 것이다.

천만다행으로 어디가 크게 다치지는 않았지만 자신의 바로 옆에 있던 멜리사를 온전히 지키지 못한 것이 문제였다.

"멜리사!"

"…다리가 부러진 것 같아요."

"어디 한 번 보지."

그는 모래밭에 누워 신음하고 있던 그녀의 다리를 살짝 들어 그 상태를 살펴보았다.

뚜둑!

"으으윽!"

"…복합골절이군. 정강이뼈가 다리를 뚫고 나왔어. 일단 지혈부터하지."

태하는 그녀의 정강이뼈로 향하는 혈 자리들을 모두 점혈하여 더 이상 피가 흘러나오지 않도록 조치했다.

툭툭툭!

"으읍!"

"일단 응급처치로 혈관을 막아놓았어. 하지만 이대로라면 필시 과다출혈로 사망을 하고 말거야. 지금도 하체 내부에서 내출혈이 일어나고 있을 테니까."

"그럼 어떻게 해야 합니까?"

"접합을 해야지."

"……."

"알다시피 생으로 다리를 접합하는 것은 엄청난 고통을 수반하게 되어 있어. 만약 원한다면 기절시켜서 다리를 접합시켜 줄 수도 있어."

그녀는 고개를 가로저었다.

"아니에요. 그 정도는 참을 수 있어요."

"괜찮겠나?"

"이래 뵈도 정보부에서 산전수전 다 겪은 몸입니다. 그깟 정강이뼈 하나 붙이는 것쯤은 아무것도 아니에요."

미세하게 떨려오곤 있었지만 그녀의 말은 전부 다 진심인 것 같았다.

"좋아, 그럼 거침없이 다리를 붙이도록 하지."

"후우……! 알겠습니다."

"일단 근처에 부목으로 쓸 만한 물건이 있는지부터 찾아보도록 할게. 조금만 기다려."

"하지만 보스, 이 근방에 또 비슷한 진법인지가 설치되어 있으면 어쩝니까?"

태하는 고개를 가로저었다.

"내가보기엔 이곳은 그냥 함정으로 만들어놓은 공간인 것 같아. 별다른 장치는 없어 보여."

"그렇군요."

"아무튼 이곳에 잠깐만 기다리고 있어. 금방 처치를 해줄게."

"…고맙습니다."

"후후, 별말씀을."

말을 맺은 태하는 이 근방에 과연 무엇이 있는지 알아보기 위해 주변을 둘러보았다.

쪼르르르―

"…지하수? 이곳에는 지하수가 흐르고 있군. 그렇다면……."

지하수가 흐른다는 것은 이곳에 식물의 뿌리나 부목으로 쓸 만한 나무 따위가 있을 수도 있다는 소리였다.

그는 심안을 이용하여 이 근방을 샅샅이 뒤졌다.

"보자……."

이곳은 물이 흐르는 대신에 사람이 들어온 흔적이 없었기 때문에 정형화된 무언가는 존재하지 않는 듯했다.

하지만 다행이고 작은 나무로 보이는 것의 뿌리가 군데군데 자리 잡고 있어 부목을 만들기엔 제격이었다.

"죽으라는 법은 없군."

스릉!

태하는 한빙검을 뽑아들어 나무의 뿌리를 재단했다.

서걱, 서걱!

그러자 나무의 뿌리는 사람을 엎고 다닐 수 있는 둥근모양의 지게가 되었고, 사람의 다리를 고정시킬 수 있는 부목으로 변신했다.

"좋아, 이 정도면 충분하겠어."

이제 태하는 자신의 상의와 외투를 물에 깨끗이 빨아서 거즈와 붕대를 만들기로 한다.

촤락, 촤락!

기능성 내의는 흡수력이 좋고 재질이 매끄러워서 상처를 효과적으로 어루만질 수 있을 것이고 통풍이 잘 되기 때문에 붕대로서 제격이다.

거기에 외투는 부목을 지지해 줄 깁스가 되어 그녀의 다리가 틀어지지 않도록 지지하는 역할을 해줄 것이다.

"이 정도면 된 것 같군."

태하는 곧장 부목과 지게를 가지고 그녀에게로 다가갔다.

"으음……."

"많이 아픈가?"

"다리가 좀 저립니다……."

"혈맥이 막혀서 그래. 곧 뚫어줄 테니까 너무 걱정하지 마."

그는 그녀의 잎에 나무줄기로 만든 재갈을 가져다대며 말했다.

"과다출혈에 대비해서 혈관을 틀어막아버려서 고통이 두세 배는 더 심할 거야. 혹시 모르니 이것을 입에 물도록 해."

"고, 고맙습니다……."

이윽고 태하는 재갈을 문 그녀의 다리를 부목이 있는 곳에 올려놓고 깊게 심호흡 했다.

"후우… 자네도 심호흡하게. 이제 시술에 들어갈 테니까."

"아, 알겠습니다."

태하는 깔끔하게 세탁한 거즈로 그녀의 다리를 잡았다.

"으으, 으으으윽!"

"간다!"

이제 태하가 그녀의 다리를 비틀게 되면 혈맥이 뚫리면서 피가 빠르게 흐를 것이다.

태하는 그에 대비하여 거즈를 입에 물어 사태에 대비했다.

"하나, 둘, 셋!"

뚜두두둑!

"끄으으으으으읍!"

"거의 다 되었어. 아주 잘 참고 있어."

"으흑, 으흑……!"

"흠, 좋아, 좋아! 이 정도면 아주 잘 참은 거야."

그녀의 발은 이제 정상으로 돌아왔고, 태하는 그 위를 거즈로 덮어 출혈을 막았다.

그리고 재빨리 붕대를 감고 부목에 다리를 고정시킨 후에 외투로 감싸 깁스를 만들었다.

"다 되었군. 어때? 좀 괜찮아?"

"…죽다가 살아났습니다."

"후후, 잘 했어. 술이라도 한 잔 주고 싶지만 상황이 여의치 않군."

"복합골절에 무슨 술이에요? 보스도 참……."

"말이 그렇다는 소리야."

태하는 이제 그녀의 다리가 조금 안정되면 이곳에서 빠져나 갈 방법을 강구해 볼 요량이다.

*　　　*　　　*

등에 멜리사를 업은 채로 천마군영보를 밟은 태하는 낭떠러 지 위로 다시 올라섰다.

파바바밧!

칠흑같이 어두웠던 지하실의 풍경은 이제 한줄기 햇살을 받 아 조금씩 밝아지고 있었다.

그는 온통 모래투성이인 이곳에 다시 서서 깊은 생각에 잠겼 다.

"뭔가 장치가 되어 있는 것을 보면 분명 트릭이 작동하는 법 칙 같은 것이 있을 텐데……."

"미로나 퍼즐처럼 말입니까?"

"애초에 이곳을 살인의 덫으로 만들고자 했다면 우리는 지금쯤 진작 죽었어야 해. 하지만 이곳은 사람을 즉사시킬 만한 장치가 하나도 없단 말이지."

"그러니까 이곳은 원래 누군가가 자주 드나들던 장소였단 말입니까?"

"방법이 다소 구식이긴 해도 나름대로 보안시스템을 구축해 놓았던 것이지."

"흠……."

태하는 햇살이 쏟아지고 있는 천장을 바라본다.

째앵—!

"문이 열렸군."

"하지만 입구가 상당히 좁아요. 사람이 뚫고 지나갈 수 있을 것 같지는 않군요."

"아마도 우리가 뭔가를 밟는 순간에 땅이 꺼지면서 암반이 움직인 모양이야. 원래 우리는 저 구멍으로 왔다고."

"으음, 그렇군요."

이제 이들에게 남은 선택지란 앞으로 전진하는 것뿐이었다.

"좋아, 기왕지사 이렇게 된 김에 도박을 한번 해보자고."

"설마 무작정 아무 발판이나 막 밟으시려는 겁니까?"

"별수 없잖아? 이대로 굶어 죽을 수도 없는 노릇이고."

"…그건 그렇지요."

"자, 그럼 간다!"

태하는 무작정 아무 발판이나 밟아 무슨 일이 일어나는지 시험해 보기로 했다.

턱!

"……."

"……?"

"아무런 일도 일어나지 않는데요?"

"뭐, 뭐지?"

"아무래도 이곳이 바로 진짜 길인 모양이에요. 만약 이대로만 된다면 밖으로 나가는 것은 식은 죽 먹기겠군요."

"후후, 그렇게만 된다면 말이지."

태하는 자신이 밟고 선 곳에서 다시 발을 내디뎠다.

꾸욱―

하지만 이번에는 그의 발에 뭔가 스위치 같은 것이 작동하는 느낌이 났다.

딸깍!

"…이런 제기랄."

"…느낌이 나요."

"불안하군. 이번엔 또 뭔가 나올지 모르겠어."

고요한 동굴 안, 태하와 멜리사는 전방을 예의 주시하며 앞으로 일어날 일에 대비했다.

그러나 이 동굴은 사람이 대비한다고 대비를 할 수 있는 수

준이 아니었다.

쿠그그그그그ー!

"이, 이번엔 또 뭐야?"

"어, 어어어……!"

촤라라라락!

"무, 물? 보스, 홍수입니다!"

"젠장! 갑자기 무슨 홍수야?"

태하는 곧장 초상비를 밟아 공중으로 뛰어 올랐으나, 워낙 파도가 크게 치는 바람에 어쩔 수 없이 물에 휩쓸리고 말았다.

펴억!

"크허억!"

"어푸, 어푸!"

머리에 정통으로 손상을 입긴 했지만 아직까지 정신을 잃을 정도는 아니었기 때문에 태하는 몽롱한 상태로 물살을 거스르기 시작했다.

첨벙, 첨벙!

"보스, 수영을 하실 줄 아십니까?"

"못 하는 정도는 아니야. 그러니 걱정하지 않아도 돼."

"그렇군요."

마른 모래들로만 가득 찼던 동굴이 이제는 물로 가득 차 한 치 앞을 내다볼 수 없는 지경에 이르고 말았다.

태하는 막막함이 밀려드는 것을 느낀다.

"빌어먹을… 도대체 뭘 어떻게 하라는 거야!"

바로 그때였다.

츠츠츠츠츠—.

"보, 보스?"

"알아! 나도 느꼈어."

태하와 멜리사가 부유하고 있는 물가 주변으로 수면 위를 살며시 스치는 뭔가가 대거 몰려오고 있었다.

만약 소금쟁이가 아니라면 물가를 이렇게 낮게 스치는 생물은 별로 없을 것이다.

태하는 이제 슬슬 자신이 무공을 사용할 차례가 왔음을 직감한다.

스르르룽—!

"거, 검? 그 검은 또 언제 챙기셨습니까?"

"다 방법이 있어."

사방을 모두 다 감시하며 전투태세를 갖추고 있던 태하는 불현듯 자신의 다리를 향해 달려드는 무언가를 감지해냈다.

슈가가가가각!

'빠르다!'

본능적으로 물을 밟고 튀어 오른 태하는 경악을 금치 못했다.

"크아아아아앙!"

"저, 저게 뭐야, 상어?"

"젠장! 무슨 사막에 상어가 살아!"

"그것도 크기가 엄청 커요!"

"서, 설마하니 물가를 스치는 무언가가 상어였단 말인가!"

상어는 얕은 수면을 부유하면서 사냥을 하기 때문에 물 위로 지느러미가 삐죽 올라오는 것이 특징이다.

그런데 그것은 바다에서의 얘기고 민물에서는, 게다가 사막 한가운데서 상어가 살 수 있는 조건이 형성될 수가 없다.

태하는 이게 도대체 무슨 일인가 싶었다.

"젠장, 살다 살다 별의별 일이 다 일어나는군!"

"보스! 이젠 어떻게 하죠? 놈들은 우리를 먹이라고 생각하는 것 같은데."

"흠……."

동굴 벽에 매달려 가만히 생각에 잠겨 있던 태하는 이내 아주 간단한 대처법을 생각해낸다.

"저놈들이 아무리 사나워도 두꺼운 얼음은 뚫지 못하겠지?"

"그거야… 그렇지요."

"그래, 생각보다 아주 간단한 일이었군."

이윽고 태하는 자신의 심단전에서 북해신공을 끌어올려 한빙검에 힘을 실어주었다.

'빙설천하!'

슈가가가가가각, 끼이잉!

영하 150도에 이르는 극한의 기운이 태하의 검 끝에 맺혔고, 그는 거침없이 그것을 수면 위에 가져다댔다.

그러자, 아주 빠른 속도로 동굴의 물속이 얼어붙기 시작했다.

끼기기기기기긱!

"허, 허어!"

"이 정도 두께라면 상어가 우리를 공격할 수 없을 테지."

태하의 아래에는 무려 두께 3m의 얼음이 생겨났기 때문에 상어들은 자신들의 머리 위에 무엇이 있는지조차 알 수 없을 터였다.

멜리사는 멀쩡한 동굴에 두꺼운 빙벽을 만들어버린 태하를 바라보며 넋이 나간 표정을 지었다.

"보스는… 정말 누구십니까?"

"누구긴, 김태하지."

"…신기한 사람입니다. 정말로."

태하는 계속해 얼음을 밟고 앞으로 전진했다.

7. 안배

베트남 하노이의 한 골목길.

웅성웅성—

사람들이 잔뜩 몰려 있는 이 골목길은 여성이 남성에게 성관계의 대가로 돈을 받는 곳, 흔히 매춘가라 불리는 곳이다.

매일 사람들이 들끓는 이곳이지만 오늘따라 유난히도 많은 사람들이 몰려 있다.

짜악!

"꺄악!"

"이년아! 돈을 갚지 못할 것이면 몸이라도 팔라고 말했지?"

"흑흑! 나는 아무것도 몰라요! 내가 언제 당신들에게 빚을 졌다고 그래요?"

"큭큭, 이년 봐라? 한국에서 네가 팔려 올 때 얼마에 팔려온 줄 알아? 무려 3천이야, 3천! 그것도 한국 돈으로 말이야! 외국인들이 동북아시아 년들을 좋아한다고 내가 거금을 투자했단 말이다. 알겠어?"

"……"

"너, 베트남에서 한국돈 3천만 원 벌자면 몸을 얼마나 팔아야 하는지 알기는 아냐?"

"…몰라요! 난 아무것도 모른단 말이에요!"

구경 중에서 가장 재미있는 구경은 불구경이고 그 다음이 싸움 구경이라고 했던가?

대낮부터 사람을 두들겨 패는 포주를 바라보며 지나가던 사람들이 걸음을 멈추고 구경에 나섰다.

그래서 지금 이곳엔 이른 시간임에도 불구하고 사람이 이렇게 많이 몰려든 것이었다.

"쯧, 말세군. 아직도 사람을 저렇게 돈에 팔아먹는 놈들이 있다니 말이야."

"…누구야! 누가 내 욕을 했어? 앙?"

"……"

이 근방에서 성질 더럽기로 둘째가라면 서러운 이 남자의 이름은 호앙이다.

이미 옆 동네까지 호앙을 잘못 건드리면 뼈도 못 추린다는 소문이 쫙 퍼져 있기 때문에 이 근방에 사는 사람이라면 그에게 찍소리도 하지 못할 터였다.

그의 으름장 한 번에 웅성거림은 순식간에 잦아들었다.

"꺼져! 구경났어? 남의 집 장사하는 것 처음 봐?"

"크, 크흠! 가자고!"

사람들은 하나둘 자취를 감추기 시작했고, 그녀는 손이 발이 되도록 빌고 또 빌었다.

"흑흑! 죄송해요! 제가 도대체 언제 빚을 졌는지 알 수는 없어도 한국에 전화 한 통만 할 수 있게 해주세요! 네?"

"이년이 정말 미쳤나! 내가 뭐라고 했어? 네년은 이제부터 외부와는 아예 연락도 할 수 없다고 했지?"

그는 건장한 사내들에게 그녀를 감금시킬 것을 지시했다.

"뭐해! 가둬 버려."

"예, 보스!"

"흑흑! 살려주세요! 제발요!"

"닥쳐라!"

베트남을 비롯한 동남아시아의 국가들 대부분이 성매매로 꽤나 많은 외화를 벌어들인다.

물론, 이들 국가들은 성매매를 국가적 사회악이라고 말하며 끝도 없이 단속을 벌이고 있으나, 모든 것이 허사다.

베트남 호치민에서만 성매매에 종사하는 여성이 1만이 넘는 다는 추산이 나왔는데, 이것은 어디까지나 추산에 불과하다.

실제로 암암리에 성매매를 하는 여성들의 숫자는 족히 두세 배는 될 것이라는 것이 경찰들의 추측이다.

이 성매매가 얼마나 성행이면 베트남 정부에서 음성적인 성매매를 근절시키고 국가적 차원에서 성매매를 양성 사업으로 인정하고 합법화한다는 조짐이 보이고 있을 정도다.

그러나 아직까진 베트남 내부에서 성매매는 불법이기 때문에 적발되는 동시에 업주와 종업원은 물론이고 성매매를 구매한 남성도 처벌을 받게 된다.

저 여성 역시 수많은 성매매 여성 중 한 명이며, 빚에 팔려 인신매매를 당하게 되었던 것이다.

지금 그녀를 구해줄 수 있는 사람은 아무도 없으며 운이 좋아 업소가 망하지 않는 한은 계속해서 성매매를 해야 할 것이다.

"흑흑······."

"그만 울어! 오늘 당장 할당량을 채우지 못하면 일주일 동안 굶을 줄 알아라!"

"죄송해요······."

그녀가 모든 것을 체념하고 있을 때였다.

"이봐요, 형씨."

"뭐야?"

"오늘 화대가 얼마요?"

포주는 말끔하게 생긴 백인 청년을 바라보며 이내 미소를 지었다.

"하하, 손님이시군! 달러요, 동이요?"

"원하는 것으로 드리리다."

"때마침 오늘 한국에서 들어온 여자가 있는데, 한번 맛보시겠소?"

"좋지."

함박웃음을 지은 포주가 그녀에게 말했다.

"어이, 손님 받아!"

"……"

"손님 받으라고!"

여차하면 그녀를 또 폭행하겠다는 기세로 손을 들어 올린 그에게 어디선가 탄환이 날아든다.

피융!

퍼억!

"*끄*아아아악!"

도대체 어디서부터 날아든 것인지도 모를 탄환에 손목 부분이 날아가 버린 그는 날카로운 비명을 질러댔다.

그러자 성매매를 할 것으로 보였던 청년이 그의 목덜미를 발로 밟으며 물었다.

퍽!

"흐어억……!"

"지옥을 경험해 본 적이 있나?"

"…왜, 왜 이러는 거요?"

"왜 이러냐고? 네놈들이 우리 보스의 사람들을 잡아다 성매매를 시키고 있기 때문이지."

"……?"

"네놈은 분명 한국에서 이 사람들을 사왔다고 했다. 이 여자들을 팔아먹은 놈들은 어디에 있지?"

"그, 그건……."

"아하, 말하기 싫다 이거지?"

이윽고 사내는 다시 한 번 손짓을 했고, 그 즉시 탄환이 한 발 더 날아와 포주의 정강이뼈를 박살 내 버렸다.

피융!

빠각!

"끄아아악, 끄아아아악!"

"난 자비를 모르는 놈이다. 내 보스 역시 그렇고. 네놈들은 어디서 누구에게 얼마를 주고 이 사람들 사왔나?"

"처, 청방이다! 청방에서 한국 여자 세 명을 납치해서 데리고 왔다! 우리는 그것을 사서 업소에 처박았을 뿐이고!"

"…그렇군."

사내는 포주의 목덜미에서 발을 떼며 물었다.

"나머지 두 명, 어디 있어?"

"……."

"말하기 싫어?"

"아, 아니다! 그런 것이 아니라……."

"그럼 뭐야?"

"두 사람은 청방의 보스에게로 직접 팔려갔기 때문에 아무리 너희들이 대단해도 찾아낼 수 없을 것이 뻔해서……."

"후후, 그거야 네가 알 바는 아니고."

사내는 피투성이가 되어버린 그를 내버려 둔 채 성매매 여성에게 겉옷을 덮어주었다.

"갑시다. 당신을 기다리는 사람이 있어요."

"…누구세요?"

"김태하 씨라고 알아요?"

순간, 그녀가 눈물을 흘리기 시작한다.

"태, 태하? 태하 오빠가 살아 있어요?"

"자세한 것은 가서 말씀드리겠습니다. 일단 가시죠."

그녀는 남자를 따라서 하노이의 한 호텔로 향했다.

*   *   *

하노이 마리튼 호텔의 스위트룸.

"쩝쩝쩝……."

"천천히 들어. 이젠 괜찮아."

"……."

유주는 어린 시절부터 잘 알고 지냈던 김화평 이사의 딸 김태주를 바라보며 쓸쓸한 표정을 지었다.

"괜찮아?"

"…응."

"안심해. 이제부터는 언니가 너를 지켜줄게."

"고마워……."

김태주는 바로 몇 해전에 미국계 제약회사 에스테린 제약으로 시집을 갔다가 얼마 전에 이혼하고 한국으로 귀국한 상태였다.

그녀는 아버지 김화평의 집에서 머물면서 시집을 가기 전에 공부했었던 미술을 다시 시작하면서 재기를 준비하고 있었다.

그러다 갑자기 아버지가 사망하고 동생들과 함께 베트남 하노이로 팔려온 것이었다.

지금 그녀의 심경은 이루 말할 수 없을 정도로 복잡하고 착잡했다.

하지만 유주는 그런 그녀에게서 나머지 두 자매에 대한 단서를 찾아야 한다.

"그나저나 태희하고 태림이는 지금 어디에 있어?"

"듣기론 청방인가 하는 보스의 집에 식모 겸 첩으로 팔려갔데."

"…식모?"

"청방의 보스는 자신의 저택에 50명이 넘는 식모를 두고 살아. 그녀들은 보스의 뜻대로 밥을 해주다가 원할 때마다 몸을 바쳐야 해."

"그런 말도 안 되는 일이 다 있나……!"

"알다시피 태화와 태림이가 꽤 미인이다 보니 한국에서 웃돈을 주고 청방의 보스에게 팔아넘긴 것 같아. 나도 1년이 넘도록 그 아이들을 못 봤어. 아마 지금쯤이면 자살을 했거나 만신창이가 되어 있겠지……."

"……."

유주는 베트남 하노이에 이성칠을 변호하기 위해 왔지만, 사실은 태하의 부탁으로 태주 자매들을 찾기 위해 이곳에 왔다.

지금까지 그녀는 제이스틴의 정보력을 총동원하여 태린을 찾고 있었지만 그 과정이 결코 쉽지는 않았다.

만약 우연한 기회에 홍등가를 뒤지지 않았다면 평생 만날 수 없었을지도 모른다.

하지만 그와 함께 두 자매를 추가로 찾을 수 있게 되었으니, 그나마 다행이라고 해야 할 것이다.

태주는 유주의 앞에 무릎을 꿇으며 말했다.

"흑흑! 언니, 제발 내 동생들을 좀 살려줘! 내가 이렇게 부탁할게!"

"일어나. 안 그래도 네 동생들은 꼭 찾을 거야. 태하의 부탁이거든."

"태, 태하 오빠?"

그녀는 아마 태하가 자신의 아버지를 죽였다고 들었을 것이다.

그러나 지금까지 태하가 살아온 거취를 누구보다 잘 알고 있던 그녀는 그 사실을 믿지 않고 있었다.

"…태하 오빠가 아니야. 우리 아빠를 죽인 것은……."

"사실이 아니야. 태하 역시 모종의 세력에게 테러를 당해서 죽을 뻔했어. 그래서 가까스로 목숨을 건졌음에도 불구하고 여전히 정체를 숨기고 있지."

"역시……."

유주는 태주에게 영국행을 권했다.

"아무튼 너는 지금 당장 이곳을 떠나서 태하의 안전 가옥이 있는 영국으로 가. 그곳에 태린이가 있으니까, 지내는데 불편하지는 않을 거야."

"태, 태린이도 살아 있어?"

"응. 아주 건강히 잘 살아 있어."

"…하느님, 감사합니다!"

"아무튼 이 사람들과 함께 영국으로 건너가 있어."

유주는 제프에게 그녀를 데리고 영국으로 들어갈 것을 부탁했다.

"그녀를 수행해 주시겠어요?"

"알겠습니다. 남은 사람들을 찾는 일은 우리 조직에서 알아서 해드리겠습니다. 검사님께선 어지간하면 모습을 드러내지 마십시오."

"알고 있습니다."

"그럼……."

짧은 당부를 남긴 제프가 태주를 데리고 떠나가자 유주는 남은 조직원들과 함께 청방의 보스를 습격할 계획을 세웠다.

*　　　*　　　*

얼음을 타고 앞으로 전진한 일은 그야말로 신의 한수였다.

무려 열 칸이나 앞으로 나가는 동안 아무런 일도 일어나지 않고 아주 수월하게 건널 수 있었던 것이다.

하지만 평화로움도 잠시, 드디어 태하의 앞에 또 다른 난관이 모습을 드러냈다.

"…또다시 모래군요."

"그러게 말이야. 지겹지도 않은 모양이군."

빙판을 지나 채 10분도 지나지 않아 또 다른 모래판이 그들을 기다리고 있었다.

이 모래판 역시 처음 태하가 도착했던 곳과 같이 발판을 밟으면 무언가 장치가 작동하는 함정인 것 같았다.

한마디로 이곳은 어디를 가든지 이와 같이 덫이 이곳저곳에 펼쳐져 있다는 소리였다.

"흠… 언제까지 이런 수수께끼 같은 짓거리를 해야 하는 걸까?"

"이곳에도 뭔가 법칙이 숨어 있지 않을까요? 일종의 패턴이라든가."

"패턴이라……."

가만히 동굴을 바라보던 태하, 그는 문득 이 길이 어디선가 많이 보았다는 생각이 들었다.

"어디보자……."

태하는 자신의 머릿속에서 맴도는 무언가를 따라서 무작정 발을 내디뎠다.

턱.

"보, 보스! 미쳤어요? 또 이상한 일이 벌어지면 어쩌려고요!"

"그렇다고 여기서 죽을 수는 없잖아?"

그 이후에도 태하는 자신의 머릿속을 맴도는 무언가를 따라서 거의 본능적으로 발을 내디뎠다.

턱턱턱—.

무려 20보를 내디뎠음에도 불구하고 아무런 이상이 없었다.

태하는 그제야 이 동굴이 어떤 구조로 되어 있는지 알 것 같았다.

'거료는 호흡이 상단전에 머무르는 것을 도와준다. 그리고 천용은 인간과 불이 공존할 수 있도록 수의 기운을 가득 머금게 된다. 이건 바로……'

지금 태하가 발을 내디딘 것은 건곤대나이의 심결이 혈맥을 지나는 자리를 그대로 응용한 것이었다.

한마디로 이 작은 방 안에 건곤대나이 심결이 한 구절씩 자리 잡고 있다는 소리였다.

건곤대나이가 사용하는 혈맥들은 전부 각 구결이 천마신공의 무공과 결합되기 가장 좋은 심결로 다시 재구성된다.

그러니까, 자동차가 엔진에서 만들어낸 열에너지를 폭발시켜 동력을 얻을 때처럼 각 부품이 움직이는 길이 다 다르다는 소리였다.

태하는 그 모든 신묘함을 몸에 익히고 있었기 때문에 굳이 생각하지 않아도 몸이 알아서 반응하도록 되었다.

그래서 지금 그는 본능적으로 발을 내디뎠음에도 불구하고 구결이 하나도 틀리지 않을 수 있었던 것이다.

'이건 분명 일월신교에서 만들어둔 곳이다. 도대체 어떤 동굴일까?'

태하는 이제 더 이상 지체하지 않고 미끄러지듯이 보법을 밟아 동굴을 거침없이 빠져나간다.

파바바바밧!

"하, 함정이 작동하지 않아요!"

"아마도 이곳은 자네의 말대로 특별한 공식이 성립되고 있는 것 같아. 나는 그 공식이 무엇인지 미리 알고 있었고 말이야."

"아아……!"

"아무튼 사람이 아주 죽으라는 법은 없는 모양이야."

태하는 눈썹이 휘날리게 달려 드디어 동굴의 끝을 향하고 있었다.

*　　　　*　　　　*

대략 10분을 달려 도착한 동굴의 끝에는 무려 250개나 되는 검들이 꽂혀 있는 검의 무덤이 형성되어 있었다.

태하와 멜리사는 이 모든 것이 검의 무덤을 보호하기 위해 만들어진 트릭임을 어렵지 않게 알 수 있었다.

"…유적인가? 척 보기에도 검들의 상태가 그리 좋지는 않군요."

"아니, 그렇지 않아. 상태는 좋아."

검의 무덤에 있는 검들의 몸통과 손잡이에는 세월의 흔적으로 인해 석회가 응고된 채로 놓여 있었지만 여전히 그 날은 살아 있었다.

한마디로 이것들은 절대로 녹슬지도 않고 이가 빠지지도 않는 만년현철로 만들어진 검이라는 소리였다.

'최상급의 만년현철로 만들어진 검이 분명하다. 도대체 누가 이런 엄청난 물건들을……'

태하는 검의 무덤 주변에 있는 비석들의 석회를 벗겨 그 안에 무엇이 있는지 알아보기로 한다.

'천혈수라섬!'

그는 맨손으로 천혈수라섬을 전개하여 대략 50개가량 되는 비석들의 석회들을 떼어냈다.

사사사사삿!

그러자, 자욱한 먼지와 함께 비석들의 속에 숨어 있던 글귀들이 모습을 드러냈다.

"콜록, 콜록! 도대체 뭐하는 짓이에요! 이 밀폐된 곳에서……!"

"잠깐……."

비석들에는 아주 오래된 문자들이 자리 잡고 있었는데, 이것은 태하가 북해빙궁 서고에서 보았던 상형문자들이었다.

그것은 페르시아 고대문자와 갑골문자를 섞어놓은 일월신교만의 특별한 언어였던 것이다.

'그래, 분명하다. 이건 일월신교의 문자들이야.'

천하랑은 자신이 북해빙궁으로 장가를 들면서 데릴사위 노릇을 하는 동안에 정체성의 혼란을 느꼈다.

그때, 그는 북해빙궁의 대서고로 가서 일월신교에서 사용했던 특별한 문자들을 직접 책으로 엮어 오로지 한 권을 집필했었다.

태하는 천마신공의 구결을 완벽하게 이해하기 위해 틈틈이 그것을 공부했었다.

때문에 그는 마치 모국의 언어처럼 일월신교의 언어들을 아주 자유자재로 사용할 수 있게 되었다.

그는 아주 세세히 비석들에 새겨진 문자들을 읽어 내려가기 시작했다.

'비월, 중단전에서 상단전으로 이어지는 길목에 있는 혈 자리다. 크기는 대략 반 자 정도이며, 모양은 마치 금강석을 깔끔하게 다듬어 놓은 모습이다… 뭐야? 혈 자리를 설명해놓은 건가?'

지금까지 태하가 인체의 모든 혈 자리를 하나도 빼놓지 않고 공부했었지만 비월이라는 혈 자리는 아예 들어본 적도 없었다.

그밖에도 이 동굴에는 각한, 이명, 주석, 영회, 낙성, 한민, 영학 등 유하가 모르는 혈 자리가 150개나 표시되어 있었다.

더군다나 그 혈 자리들은 신체에 대해 아주 잘 아는 사람이 아니고선 결코 찾아낼 수도 없을 정도로 정교한 위치를 가리키고 있었다.

만약 태하가 혈맥에 대해 공부하지 않았다면 도저히 알아낼 수도 없었을 정도로 복잡한 구결들이 빼곡히 비석을 채우고 있었던 것이다.

'뭐지? 도대체 이것들은……'

비석들에 새겨져 있던 글귀들을 읽고 또 읽어 내려가던 태하에게 멜리사가 무언가를 발견하여 소리쳤다.

"보스, 아무래도 이곳은 누군가를 묻어놓은 무덤인 것 같아요."

"무덤?"

"중앙에 보시면 위패가 놓여 있지요?"

"위패라……"

태하는 위패로 다가가 그 안에 어떤 글귀가 적혀 있는지 확인해보았다.

천마지사 천영성

'천마지사? 그렇다는 것은….'

이곳은 바로 일월신교를 창립한 사파무림의 전설적인 무인, 천마가 잠든 무덤이었던 것이다.

태하는 그밖에도 이곳에는 대략 40명에서 50명가량의 교주들의 위패를 모셔둔 곳임을 알 수 있었다.

아마도 일월신교에선 천마를 시작으로 이곳에 대대로 교주들의 위패를 모셔 그들이 생전에 사용하던 검들을 함께 순장한 것으로 보였다.

태하는 무덤의 중앙에 있는 천마의 위패 아래에 작은 두루마리 같은 것이 놓여 있음을 알 수 있었다.

"이건 또 뭐지?"

두루마리는 상당히 오래되어 보였으나 그 안에 들어 있는 글 귀들은 아직도 또렷이 살아 있었다.

천검진 : 하나의 검이 하나의 혈 자리를 대신하여 출수된다. 제1검은 인간의 내단을 의미하고 제2검은 첫 번째 혈도와 같다. 제3검은 인간의 근간이 되는 뼈와 같으며 제4검은 핏줄, 제5검은 근육…….

태하는 두루마리 안에 들어 있는 내용이 다름 아닌 일월신교의 숨겨진 절학인 천검장이라는 것을 알 수 있었다.

'천검장이라… 총 252개의 구결로 이뤄져 있군. 이곳에 없는 하나는 화열검일 것이고, 또 하나는 뭐지?'

깊은 고민에 빠진 태하, 그런 그에게 멜리사가 재촉하듯 말했다.

"보스, 뭐하십니까? 일단 이곳에서 나가요. 이곳에서 한시라도 빨리 나가고 싶어요. 세상에, 다른 곳도 아니고 무덤이라니……."

"잠깐, 이곳은 아무래도 나의 사문이 세워 둔 고묘(古墓) 같아."

"사문이요? 보스가 사용하는 그 괴기하고 신묘한 술법을 만들어낸 곳 말입니까?"

"그래, 바로 그곳이야. 설마하니 이런 곳에 고묘를 만들어 두었을 줄이야……."

"흠……."

"멜리사, 내가 부탁하나만 하지."

그녀는 태하가 무슨 소리를 할 지 이미 알고 있는 것 같았다.

"알아요. 남들에겐 절대로 발설하지 않을게요."

"후후, 고맙군."

이윽고 태하는 이 많은 검들을 어떻게 갈무리해야 하는지 적힌 마지막 구결을 완독해냈다.

250개의 검이 화열검과 합일하면 천검진이 완성된다. 검은 오로지 하나의 구심점을 통하여 모여들게 되는 것이다….

'이 모든 세력을 한 곳으로 모을 수 있는 구심점이라……'

태하는 화열검 대신에 한빙검에 이 모든 검들을 담을 수 있는지 한번 실험을 해보기로 한다.

'천검장!'

우우웅, 우우우웅—!

250개의 검이 태하의 손길을 따라 하나하나씩 공중을 향해 떠다니기 시작했고, 태하는 천검장의 구결에 따라 그 형태를 잡아나갔다. 그러다 태하가 내공의 일점을 이용해 한빙검을 뽑아들자, 그 안으로 250개의 검이 하나 같이 빨려들어가기 시작했다.

슈가가가가각!

"허, 허억!"

"그래, 맞아! 바로 이거였어! 천마조사는 최후의 후지기수를 위해 안배를 해두었던 거야! 반드시 화열검이 아니더라도 강력한 구심점만 있다면 천검진을 펼칠 수 있었던 거지! 하하하!"

"뭐, 뭐라고요?"

너무 기쁜 나머지 겉으로 속마음이 튀어나와 버린 태하는 재빨리 한빙검을 갈무리하며 말했다.

"크흠, 아무것도 아니야. 일단 이곳을 나가도록 하지."

"네, 보스……"

태하와 그녀는 드디어 조난에서 스스로 탈출하여 빛을 볼 수 있었다.

*   *   *

베트남 하노이 중심가에 위치한 청방 보스 마오의 집.

저벅저벅—

무려 50명이나 되는 외국인청년들이 온통 검은색 옷을 입고 그 주변으로 몰려들기 시작했다.

그리고 잠시 후, 그들은 최루탄 20개를 일제히 집어던져서 집 안을 가스 천지로 물들여 버렸다.

치이이이이이익—!

이제 저 안에 들어 있는 모든 사람들은 한 치 앞도 보지 못할 것이며, 온전히 숨을 쉬기도 힘들 터였다.

제노니스의 행동대장 한스는 자신의 애병인 은색 권총에 탄알을 장전하며 읊조렸다.

철컥!

"한 놈도 빼놓지 말고 다 죽여라. 어차피 저놈들을 살려두어 봐야 인신매매밖에 더 하겠나?"

"예, 알겠습니다."

원래 한스는 독일에서 킬러로 활동하며 그 악명을 10년 넘게 쌓아왔던 냉혈한이었다.

하지만 최근에는 태하에게 조직이 흡수를 당하면서 그의 휘하로 들어오게 되었던 것이다.

그는 거침이 없고 시원스러운 태하의 손속에 반하며 자신의 우상으로 태하를 떠받들고 있었다.

태하의 한 마디면 청방의 보스가 아니라 베트남의 수상도 저격할 수 있는 한스다.

한스는 태하의 사촌 여동생들을 사창가로 팔아먹은 그들을 근절하기 위해 자신의 직속에 예편되어 있던 히트맨을 죄다 동원하여 이곳을 치기로 한 것이었다.

"오늘 아주 뜨거운 맛을 보여주마. 쳐라!"

"예!"

두두두두두두!

권총을 시작으로 소총, 산탄총, 저격총 등 다양한 종류의 총기가 불을 뿜어 청방의 조직원들을 아예 벌집으로 만들어나갔다.

"크헉!"

"끄아아악!"

"이, 이런 무식한 새끼들!"

"후후, 무식이 용감이라는 말도 모르나?"

지금 이곳의 주변에는 유주가 만들어준 임시 공사 현장이 위치해 있기 때문에 경찰이 진입하려면 족히 20분은 걸릴 것이다.

그렇다면 앞으로 이곳에 사람이 다 죽어 나자빠질 때까지 시간이 남아돈다는 소리다.

한스는 직접 담을 넘어 사진으로 보았던 태하의 사촌들을 찾아 나섰다.

"동문과 서문을 잘 지켜라! 나는 지하로 내려가겠다."

"예, 보스!"

팟!

담장을 넘어 지하실로 들어선 그는 대략 150평가량의 화려한 침실과 마주했다.

"……."

침실에는 또 다른 방이 무려 50개나 나뉘어져 있어 이곳에 머무는 여자들이 먹고 잘 수 있도록 배려한 것 같았다.

하지만 말이 배려지 이 거대한 침실에서 매일과 같이 억지로 성관계가 이뤄지니, 이것은 감금이나 다를 바가 없었다.

"개새끼군. 이 세상에서 가장 나쁜 것이 육봉으로 짓는 죄라는 것을 모르는 건가?"

천주교 신자인 그는 사람은 죽일지언정 강간은 저지르지 않겠다는 아주 투철한 신념을 가지고 있다.

아마 청방의 보스 마오가 그의 손에 걸린다면 즉시 목이 달아날지도 모를 일이었다.

"죽여주마……."

일단 그는 이 안에 들어 있던 아가씨들의 방을 하나하나 뒤져 태하의 사촌들을 찾아다녔다.

철컹!

"…사, 살려주세요!"

"이곳이 아니군."

그는 재빨리 스쳐지나가듯이 문을 모두 열어 성노예로 살아가고 있던 여자들을 속박에서 해방시켰다.

"어서 이곳을 나가시오! 어서!"

"하, 하지만 청방이……."

"경찰이 올 것인데 뭔 상관이오?"

"경찰도 우리를 막아주지 못해요. 우리가 베트남에 있는 한, 청방은 우리를 죽이려 달려들 거예요……."

"복잡한 놈들이군."

한스는 일단 그녀들을 자신의 아지트인 BS그룹으로 데리고 가야겠다고 마음먹었다.

전화기를 꺼내든 그는 부하들에게 영국으로 돌아가는 배편에 그녀들을 태울 것을 지시한다.

"어이, 이곳에 있는 50명의 여자를 모두 영국으로 데리고 간다."

—예? 그게 무슨 말씀이십니까? 분명 제프 님은 보스의 동생들만 데리고 나오라고 지시했습니다!

"괜찮다. 책임은 내가 진다."

—하, 하지만—.

"그분이 계셨다면 나와 똑같은 결정을 내리셨을 것이다."

—…….

"뭐하나? 대답하지 않고? 데리고 나가라!"

—예, 알겠습니다.

이윽고 검은색으로 통일된 옷을 입은 사내들이 속속들이 들어선다.

한스는 그들에게 억압받던 여성들을 넘기며 말했다.

"우리 그룹의 사가로 데리고 가라! 가서 의료 조치를 받도록 도와줘."

"예, 알겠습니다!"

그녀들은 제이스틴의 조직원들에 의해 이곳을 빠져나가면서도 도대체 자신들이 왜 구원을 받는지 의문을 품는다.

"도대체 왜 우리들을 살려주는 건가요? 우리는 그저 몸이나 팔던 천한 여자들인데……."

"목숨에 고하가 어디에 있소? 살아 있는 사람들은 모두 행복할 권리가 있단 말이오."

"…고맙습니다!"

"별말씀을."

한스는 그녀들을 내보내면서 마지막 방에 함께 들어 있던 두 명의 한국인 여성을 발견해낸다.

"김태화 씨, 김태림 씨?"

"…딸꾹."

"마약……?"

지금 그녀들은 필로폰으로 보이는 용액이 가득 든 주사들을 쌓아놓고 그것을 지속적으로 주입하고 있는 것 같았다.

"이런 빌어먹을!"

한스는 즉시 그녀들에게서 약을 빼앗고 지상으로 두 사람을 올려 보냈다.

"갑시다. 어서 가요!"

"헤헤, 아저씨! 오늘은 어떤 자세로……."

"그, 그만!"

"헤헤……."

지상으로 그녀를 데리고 나온 한스는 승합차에 마오의 성노예들을 모두 실었다.

그리곤 오늘 반드시 그를 죽이고 말겠다는 각오를 다졌다.

"…천벌을 받아도 모자랄 놈 같으니! 내 기필코 네놈의 목을 따서 이 여성들의 원한을 풀어주겠다!"

단 15분 만에 마오의 저택을 쑥대밭으로 만들어버린 제이스틴의 조직원들은 마치 밀물처럼 빠져나가 하노이의 포구로 향했다.

*   *   *

고비사막 서부의 한 동굴에 울란바토르에 상주하고 있던 구조대가 도착했다.

그들은 50명의 대대적인 구조대를 편성하여 이 근방을 모두 샅샅이 뒤져 구조 활동을 펼칠 계획이었다.

하지만 암반에 대한 정확한 지식을 가지고 있지 않았기 때문에 이렇다 할 계획은 그려지지도 않고 있었다.

에밀리아는 일단 구조대를 출발시키고 되는 대로 수색을 펼치는 쪽으로 상황을 전개시키려 했다.

하지만 구조대는 도착 이틀이 지나도록 여전히 움직일 생각을 못 하고 있었다.

그들은 안전상의 문제로 지금 출발하게 되면 추가적인 인명 피해가 생겨날 것이라고 주장하고 있었던 것이다.

"비가 내린지 얼마 지나지 않아서 지금 암반으로 내려가면 십중팔구 물난리가 날 겁니다."

"하지만 그렇다고 멀쩡히 살아 있는 저 사람들을 그냥 내버려 두자고요?"

"방관하자는 것이 아닙니다. 조금 더 두고 보자는 얘기지요."

"…그게 그거지. 지금 당신들이 고수하는 입장이 방관과 뭐가 다릅니까?"

"거참, 답답한 양반이시네. 이대로 내려갔다가 사람이 죽으면 어쩌라는 겁니까? 두 사람을 구하려다 50명이나 죽으면 당신이 책임질 겁니까?"

"뭐, 뭐요?"

한참 언쟁을 이어나가던 그들에게 너무나도 황당하고도 기쁜 소리가 들려온다.

"대, 대장! 지금 저 밖에 실종자로 보이는 두 사람이 나타났습니다!"

"뭐, 뭐라고?"

자리에서 벌떡 일어선 에밀리아와 구조대원들은 허겁지겁 그들이 있다는 원정대 체크포인트로 향했다.

그러자, 그 안에서 벌컥벌컥 물을 들이켜고 있는 두 사람을 볼 수 있었다.

"꿀꺽, 꿀꺽……!"

"크허어! 죽을 뻔했네!"

"…우리 다시는 원정이고 뭐고 떠나지 말아요. 정말 이러다 사람이 죽겠어요."

"하지만 이제 200㎞정도 남았을 텐데?"

"싫어요. 그냥 포기하세요."

"후후, 그래. 그러게 하자고."

에밀리아는 두 사람을 보자마자 양팔을 쫙 벌린 채로 달려왔다.

"흑흑!"

"뭐, 뭐야? 왜 이래?"

"에밀리아?"

"다, 다행입니다! 다행이야!"

지금까지 철통같은 모습만 보여 왔던 에밀리아가 눈물을 다 흘리다니, 태하와 멜리사는 별일이라는 듯이 웃었다.

"하하, 살다 보니 에밀리아가 우는 모습을 다 보겠군."

"……."

"뭐, 원정이 꼭 나쁜 것만은 아니네요."

"그럼 남은 곳은 걸어서 통과할까?"

"…시끄러워요."

태하는 이쯤에서 사막 횡단을 중단하고 영국으로 돌아가기로 했다.

8. 핏줄이 당기다

　고비사막 원정에서 돌아온 태하는 자신이 지금까지 겪었던 모든 일을 다큐멘터리로 엮어 영국 공영방송을 통해 전 세계로 송출하기로 했다.

　사막에서 길을 잃고 헤매는 동안 벌어졌던 여러 에피소드와 위기의 순간들은 편집을 통하여 조금 더 극적으로 표현되었다.

　그리고 이 영상은 전 세계로 퍼져나가면서 아주 큰 이슈를 가져왔다.

　태하의 일행이 먹고 생명을 유지했던 히트 프로젝트가 도대체 어떤 물질로 이뤄졌는지에 대한 관심부터 그들이 입었던 의

복들까지, 관심을 받지 않는 물건이 없었다.

그로 인해 태하의 히트 프로젝트는 전 세계 150개국에서 러브콜을 받는 진풍경을 자아내게 되었다.

라일라는 태하가 만들어놓은 히트 프로젝트 신드롬을 타고 음료수 캔부터 PT까지, 다양한 크기의 음료수들을 제작해 판매할 수 있도록 만발의 준비를 갖추어 놓았다.

이른 아침, 태하는 영국에서 초도 물량을 제작하는 공장들을 시찰하고 있었다.

위이이이잉—

벨트 컨베이어를 타고 푸른색 음료들이 BS그룹의 로고를 달고 일사불란하게 움직이고 있다.

태하는 그 공정을 바라보며 흡족하게 웃었다.

"후후, 드디어 내 고생이 빛을 발하겠군."

"고생 많으셨습니다."

"뭘, 고생은 멜리사와 에밀리아가 많이 했지."

히트 프로젝트를 만드는 과정은 생각보다 단순하다.

태하가 러시아 북해빙궁에서 가지고 온 재료들을 일정한 배합대로 섞어 통에 담기만 하면 끝이다.

그러니까, 앞으로는 주재료들과 부재료들을 수입해 오는 과정이 가장 중요하다고 볼 수 있었다.

그는 생산 공정을 감수하면서 라일라에게 해양운수회사에

대한 얘기를 꺼냈다.

"내가 지시했던 물류회사는 어떻게 되었나? 적당한 후보들이 있었나?"

"영국계 물류회사인 콜마린을 인수 합병했습니다. 이제 이 초도 물량이 완성되면 곧바로 전 세계로 배달할 수 있을 겁니다."

"그렇군."

"다만, 문제가 하나 있다면 아직 해양운수에 대한 준비가 미비하기 때문에 물류회사를 개편하고 운영하면서 새로운 인수 합병을 추진해야 할 것 같습니다."

"그래, 그렇게 하지."

두 사람이 회사 운영에 대한 얘기로 시간을 보내고 있을 때였다.

지이이잉!

"보스, 전화입니다."

"누구야?"

"제프 페롤슨입니다."

태하는 그녀에게서 전화를 건네받았다.

"무슨 일인가?"

─보스, 큰일 났습니다.

"큰일?"

─저번 아가씨들 구출 작전에서 우리가 너무 무리를 했나봅

니다. 지금 청방에서 우리를 잡아 족치겠다고 아주 난리를 피우고 있다고 합니다.

"청방?"

—베트남을 비롯한 동남아계 마약시장을 주름잡고 있는 조직입니다. 그놈들의 보스 마오가 보스의 사촌동생들을 약쟁이로 만들어 버렸지요.

"……."

—그녀들을 구출하는 과정에서 총격전이 벌어졌었는데, 그때 한스가 지하로 직접 내려가 50명의 아가씨들을 모두 다 데리고 나왔답니다. 그래서 지금 마오가 한스를 죽이겠다고 아주 발광을 떨고 있습니다. 심지어 우리에게 전쟁을 선포했어요.

태하는 실소를 머금는다.

"후후, 감히 우리에게 전쟁을 선포해?"

—보스, 그들은 거의 해적 수준으로 악랄한 짓거리를 일삼는 놈들입니다. 건드려서 좋을 것이 없어요.

"하지만 그래도 내 동생들을 마약중독자로 만든 놈들을 가만히 내버려 둘 수는 없지 않아?"

—…그건 그렇지요.

"이대로 내가 참아 넘긴다면 우리 조직은 여자들을 성노리개로 삼아 팔아먹는 그런 파렴치한들이 두려워 숨는 겁쟁이가 되어버릴 것이다. 그런 쓰레기 같은 조직에 몸담는 것이 좋나?"

─…제 생각이 짧았습니다!

"지금 당장 정명회에 연락을 취해서 아예 청방을 쓸어버리도록 해라."

─예, 보스!

이윽고 전화를 끊은 태하를 바라보며 라일라가 미소를 지었다.

"보스, 옳은 일을 하시려는 것이군요."

"조금 귀찮게 되겠어. 잘못하면 조직원들이 다칠 수도 있고."

"그래도 그런 쓰레기들을 그냥 보고 넘긴다면 우리는 그저 그런 범죄 조직에 불과할 겁니다. 경우에 어긋난 짓을 벌이고 다니는 우리라곤 해도 그런 불한당들은 가만히 두면 안 됩니다."

"후후, 그래. 자네의 말이 맞아."

서로를 바라보며 따뜻한 미소를 짓고 있던 두 사람에게 멜리사가 다가왔다.

"보스, 말씀하셨던 광고회사 섭외를 끝냈습니다."

"고생했어."

"고생은 무슨, 별것 아닙니다."

"일 끝났으면 식사라도 같이하지?"

"그럼 그럴까요?"

이젠 일상적인 대화가 가능해졌을 뿐만 아니라 패나 친밀해진 두 사람에게 라일라가 딱딱하게 굳은 얼굴로 물었다.

"…두 사람이 언제 그렇게 친해졌지요?"

"무슨 뜻이야?"

"원래 두 사람은 사이가 별로 좋지 않았던 것 같은데……."

"아아, 뭐… 전우애라고나 할까?"

"목숨이 경각에 달렸던 적이 한두 번이 아니라서요. 죄송해요, 그렇다고 라일라를 잊은 것은 아닙니다. 당신은 여전히 내 보스예요."

"그렇군……."

어쩐지 분위기가 조금 어색해졌다 싶었던 태하는 두 사람을 데리고 재빨리 공장을 나선다.

"자자, 가자고. 오늘은 맥주라도 한잔하는 것이 어때?"

"좋지요."

"……."

세 사람은 그렇게 어색한 분위기를 이끌고 오늘의 일과를 끝냈다.

＊　　　　＊　　　　＊

늦은 밤, 태하는 안전 가옥 안에서 머물고 있는 사촌동생들을 찾았다.

똑똑―.

"들어오세요."

"자는 것 아니었어?"

"오빠!"

태주와 태희, 태림은 어려서부터 태하를 친오빠처럼 잘 따랐던 동생들이다.

그녀들은 명절마다 태하의 본가를 찾아오곤 했는데, 그때마다 집에 가기 싫다며 매일 울음바다를 만들곤 했었다.

하루 종일 태희와 태림의 수발을 드느라 지쳐 있었던 태주는 태하를 보자마자 투정을 부리기 시작한다.

"오빠, 태희와 태림이를 돌보는 것이 너무 힘들어……."

"그러게 내가 간병인을 붙여준다고 했잖아."

"하지만 마약중독을 치료하는데 다른 사람의 손을 빌린다는 것이 좀 그렇잖아……."

"뭐, 그건 그렇지."

"오빠, 나 치킨 사줘! 오늘 너무 힘들어서 기름진 것이 먹고 싶어."

"치킨? 너는 원래 튀김음식을 싫어하지 않았던가?"

"요즘 입맛이 바뀌었어. 하도 힘들게 살아서 그런지 기름진 것이 맛있다는 것을 깨달은 것 같아."

태하는 그녀를 바라보며 씁쓸한 미소를 지었다.

"그래, 치킨 먹자."

"고마워, 오빠!"

"고맙긴. 내가 일용직으로 부를 수 있는 간병인들을 호출해 줄 테니까 오늘 하루만 같이 나가서 치킨을 먹자."

"그래!"

태주는 태하의 손을 잡고 마을 중심가로 향했다.

*　　　*　　　*

태린과 태주는 태하의 손을 잡고 늦은 밤에 마을 시가지를 찾았다.

빰빠바바밤!

깔끔한 뉴에이지 음악이 흐르는 이곳 마을의 중심가는 대략 5개의 점포와 2개의 식당으로 이뤄져 있었다.

그밖에 다른 곳에는 마을주민들이 직접 천막이나 좌판을 펼쳐놓고 운영하는 노점상들이 자리를 잡고 있었다.

태하는 직접 오크통에 발효시켜 만든 맥주와 기름에 튀긴 칠면조를 사들고 노점상 가운데 위치한 분수대에 자리를 잡았다.

"한 잔 할까?"

"짠!"

독특하고도 달콤한 향이 나는 맥주를 한 잔 머금은 태린과 태주가 통쾌한 감탄사를 뱉어냈다.

"크하! 좋다!"

"이야, 이게 도대체 얼마 만에 먹어보는 치맥이야? 시집을 갔을 때엔 아예 치킨이라곤 먹어본 적도 없으니, 치맥은 한 5년쯤 된 것 같은데?"

"그래? 전남편이 치킨을 싫어했어?"

"후라이드 치킨은 원래 흑인 노예들이 먹던 것이라나 뭐라나, 아무튼 이상한 백인 우월주의를 가진 남자였어."

"힘들었겠구나?"

"뭐, 그래도 지금은 괜찮아. 이렇게 든든한 오빠의 곁으로 다시 돌아왔잖아?"

태린은 아까부터 계속 태하의 손을 잡고 있는 태주를 바라보며 심드렁한 목소리로 말했다.

"…그래도 우리 오빠는 내 오빠야. 그건 잊지 말도록."

"쳇, 그래 알고 있어! 하지만 태하 오빠도 절반은 피가 섞였으니까 내 오빠이기도 하잖아?"

"뭐?"

"메롱!"

"이, 이게?"

태린과 태주는 어려서부터 만나기만 하면 싸우기 바빴던 소꿉친구다.

나이가 같아서 그런지 얼굴만 맞대면 손톱자국부터 내기 일쑤였던 그녀들이지만 태하는 두 사람이 서로를 얼마나 위하고 있는지 잘 알고 있다.

그러나 다 커서 여전히 싸우는 두 사람을 바라보는 태하의 눈은 한심함으로 가득 차 있다.

"아직도 싸워? 너희는 질리지도 않냐?"

"흥! 이 계집애가 먼저 시비를 걸잖아?"

"쳇, 이기적인 계집애……."

태하는 아직도 20년 전에 머물고 있는 두 사람이 귀여우면서도 한심하다고 생각한다.

"나이 좀 먹었으면 진중할 줄도 알고 그래야지. 이게 뭐야? 남들이 알면 흉보겠어."

"보라고 그래. 뭐 어때?"

"맞아."

"…이럴 땐 죽이 잘 맞는군."

두 동생 사이에 끼어버린 태하는 밤하늘을 안주삼아 맥주를 들이켰다.

*   *   *

이른 아침, 태하의 저택에 두 개의 비명소리가 울려 퍼진다.

쨍그랑!

"꺄아아아악!"

"아, 아가씨!"

"야, 약 좀 줘요! 내, 내 몸에 개미가 기어 다니고 있다고요! 개미! 개미 안 보여요?"

"당신 몸에는 개미 같은 것은 기어 다니지 않아요! 제발 정신 차려요!"

"…아니야, 아니라고! 아니야!"

미친 듯이 고개를 내젓는 사람은 다름 아닌 태희였고, 그 옆에서 연신 비명만 질러대는 사람은 태림이었다.

태희는 약물중독으로 인해 온몸에 개미가 기어 다니는 환각에 시달리고 있었고, 태림은 공황장애가 찾아와 하루 종일 소리만 질러댔다.

이러니 그녀를 간병하던 태주가 죽는 소리를 하는 것도 무리는 아니었을 것이다.

태하는 오랜만에 휴일을 맞아서 동생들이 기거하고 있던 방을 찾았다가 그만 충격에 휩싸이고 말았다.

"…사태가 많이 심각하군."

"지금은 많이 나아진 상태입니다. 그나마 큰 아가씨의 정성이 아니었다면 지금의 상태까지 호전되는 것은 꿈도 못 꿀 정도였지요."

"젠장… 도대체 이 아이들에게 무슨 짓을 한 거야? 몸에 좋지 않다고 술 담배도 입에 대지 않았던 두 아이인데."

태린을 살려주었던 의료진들 중 약물 전문가인 존 스미스는 그녀들의 상태가 이미 중증을 넘어섰다고 진단했다.

"아마 그대로 두었다면 약물중독으로 목숨을 잃었을지도 모릅니다. 이곳에 처음 왔을 때엔 약물이 거의 치사량 가까이 투여가 되었었거든요."

"…개자식들!"

"그나마 태희 씨는 공황장애까진 앓지 않고 있습니다만, 태림 씨는 거의 가망이 없다고 봤습니다. 공황장애를 치료하는데 약물이 필요한데, 그녀는 이미 그 약물에 중독이 되어 죽을 뻔했으니까요."

"……."

"정말로 큰 아가씨의 정성에 하늘이 감동했다고밖에 설명할 수가 없군요."

"그렇군요……."

"아무튼 제가 최선을 다하곤 있습니다만, 쉽사리 치료가 될 것 같지는 않습니다."

"…부탁 좀 드리겠습니다. 어떻게든 이 아이들을 좀 치료해 주십시오."

"예, 알겠습니다. 꼭 그렇게 하겠습니다."

약물중독은 내력으로도 치료가 불가능한 병이다.

예로부터 양귀비에 중독된 환자들은 화타가 와도 그 병을 고치지 못한다는 말이 있을 정도로 마약은 무서운 존재다.

아마 지금 태하가 목숨을 걸고 혈도를 다 뚫어준다고 해도 그녀들이 정상으로 돌아올 수 있을 지는 미지수다.

차라리 이럴 때엔 그저 의학에 도움을 받아 호전을 기대하는 수밖에 없다.

'잘 되겠지.'

태하는 아주 잠깐 사태가 진정된 두 자매를 바라본다.

"…오빠?"

"그래, 태하 오빠다."

"오, 오빠!"

두 자매는 태하를 보자마자 눈물을 흩뿌린다.

"흑흑!"

"울지 마라. 이젠 괜찮아."

"…죽을 것 같았어. 숨통이 확 막히고 뼈가 다 으스러지는 느낌이었다고."

"그래, 다 안다. 하지만 이 또한 참아내야 할 고통들이야. 너희들이 고통을 참아낸다면 돌아가신 숙부께서도 안심을 하시고 눈을 감을 거야."

"그렇겠지……?"

"웅, 그래. 그러니 힘들더라도 조금만 참고 기다려. 이 오빠가 너희의 복수를 반드시 갚아줄게."

"고마워, 오빠. 오빠가 아니었다면 우리는 지금쯤 약물중독으로 죽어버렸을 거야."

"뭘, 같은 핏줄끼리 당연한 일이지."

이윽고 태하는 그녀들에게 사탕을 하나씩 나누어줬다.

"눈깔사탕이야. 영국에서 구하기가 쉽지 않더군. 그래서 많이는 못 구했어."

"우와, 아직도 이런 것이 있어?"

"한국에서 물 건너온 것 같아. 나도 자세한 출처는 몰라."

이 눈깔사탕은 존 스미스가 이미 성분 분석까지 끝낸 사탕이기 때문에 환자가 먹어도 큰 문제가 없을 것이다.

태하는 어려서 두 남매가 가끔씩 먹었던 눈깔사탕이라면 충분히 옛날의 향수를 일깨워 치료에 도움이 될 것이라고 생각했다.

존은 그런 그의 생각에 힘을 실어주었다.

"이 사탕이 갖는 의미는 오히려 약물보다 클 겁니다. 잘하셨습니다."

"별말씀을요."

태하는 이제 자신의 핏줄을 이렇게 만들어버린 그들을 찾아 응징하기로 한다.

'청방이라… 아주 제대로 뜨거운 맛을 보여주마!'

마오는 늦은 저녁까지 쑥대밭이 되어버린 자신의 저택 가운데 앉아 술을 들이켜고 있었다.

꿀꺽, 꿀꺽!

"크흐! 더럽게 쓰군!"

무려 도수 50%가 넘는 독주를 연거푸 두 병이나 비워버린 그는 자신이 평생을 투자하여 만들어두었던 하렘을 바라본다.

그는 엄청난 여성 편력 때문에 한 시간 이상 한 여자와 잠자리를 할 수 없는 사람이었다.

때문에 무려 50명이나 되는 미녀들을 사로잡아 지하에 가두고 자신만의 방법으로 조련을 시켜왔던 것이다.

한 명이 나이가 들어서 못 쓰게 되면 다른 한 명을 잡아다 다시 채우는 극악한 방법으로 이 하렘을 20년간이나 지켜온 마오였다.

그런 그에게 하렘이 털렸다는 것은 견딜 수 없는 치욕이자 고통이었다.

"반드시 죽일 것이다… 반드시!"

동남아시아에서 청방의 이름은 경찰 세력조차 고개를 내두르는 악명을 가지고 있었다.

지금까지 살면서 이름 한 번 들어본 적이 없는 조직에게 허물어지기엔 그의 자존심이 허락하지 않는 명성이었다.

분노에 찬 그에게 부하 두 명이 다가와 고개를 숙인다.

"보스! 찾았습니다! 놈들의 본거지가 어디인지 알아냈습니다!"

"…어디인가?"

"영국이랍니다. 영국 제노니스의 조직원들이라고 합니다."

"제노니스?"

"듣자 하니 제노니스는 최근에 정명회를 흡수한 세력과 같은 줄기라고 들었습니다. 꽤나 덩치가 클 것으로 예상됩니다."

"흠… 그렇단 말이지?"

"어떻게 할까요? 우리가 먼저 놈들을 싹 밀어 버릴까요?"

그는 단숨에 자리를 박차고 일어섰다.

"물론이다. 지금 당장 영국으로 가는 배편을 마련해라. 우리의 심장부를 타격한 놈들에게 본때를 보여주어야겠다."

"예, 보스!"

자신의 턱 밑까지 쳐들어와 난장을 피워버린 그를 용서할 생각이 전혀 없었던 마오는 만발의 준비를 차려 영국으로 향했다.

영국 런던에 위치한 BS그룹 본사에 에이마르 홀딩스의 수뇌부들과 아파린 투자신탁의 수뇌부들이 전부 모여들었다.

그들은 이번에 청방을 대대적으로 청소하고 그들이 가진 조직을 모조리 흡수하여 아예 다시는 마약이나 인신매매에 관련

된 사업을 하지 못하도록 만드는 것이 목표였다.

태하는 수뇌들에게 청방의 보스를 비롯한 간부들을 깡그리 잡아 처리하도록 지시했다.

"남은 놈들은 중간보스를 비롯한 하부 조직원들밖에 없어야 한다. 다시는 놈들이 고개를 들 수 없도록 만들어 우리가 흡수할 수 있다."

"예, 알겠습니다. 그럼 무력을 사용해도 상관이 없다는 뜻이겠군요."

"물론이다. 한 놈도 그냥 멀쩡히 내버려 두지 마라. 내 동생들을 건드린 대가를 아주 톡톡히 치르게 해야겠다."

"그렇다면 그 보스 마오는 어떻게 할까요? 놈이 그녀들을 한국에서 사왔다면 필시 블루문과도 관련이 되어 있을 텐데요."

태하는 라일라의 질문에 고개를 끄덕인다.

"안 그래도 놈은 내가 직접 잡아 처리할 생각이었다."

"보스께서 직접 말입니까?"

"죽이지 않고 최대한 고통스럽게 가지고 놀다가 죽여줘야지. 사람을 쓰레기처럼 생각하는 놈에겐 자비는 어울리지 않는다. 그런 놈에게는 죽음도 아까워."

"그렇군요. 그럼 마오는 보스께서 성에 차실 때까지 요리하십시오. 뒤처리는 저희들이 하겠습니다."

"그래, 알겠다."

그들을 맞이할 계획이 모두 완성되었을 쯤, 제프가 태하에게 전쟁이 가까워짐을 알렸다.

"보스, 놈들이 도착했답니다."

"지금 어디에 있다고 하던가?"

"현재 맨체스터에 배를 정박시키고 이곳 빅벤으로 향하는 중이랍니다."

"좋아, 우리를 치러 왔다는데 가만히 앉아서 손님을 맞을 수야 있나?"

태하는 자리에서 일어나 수뇌부들에게 말했다.

"가자. 경찰력이 우리를 발견할 수 없는 곳으로 유인해 놈들을 아주 박살 낸다."

"예, 보스!"

결연한 표정의 태하는 무려 400명에 육박하는 조직원들을 이끌고 맨체스터 남부로 향했다.

*　　　*　　　*

맨체스터 항만을 떠나 런던으로 향하는 길목에 청방의 부하들을 태운 버스 열 대가 나란히 달리고 있다.

부아아아앙!

마오는 버스기사가 있는 운전석 옆에 앉아 달리는 내내 그를 닦달한다.

"어이, 기사 양반. 목숨이 아깝지 않아? 이렇게 느릿느릿하게 달려서 언제 런던에 도착하겠어?"

"저, 저도 최선을 다하고 있습니다! 버스가 달릴 수 있는 한계가 있으니 당연히……."

스릉!

"허, 허어억……!"

"버스의 성능이 안 좋으면 좋게 만들어서 달려. 그러다 어깨 위에 있는 그 반들거리는 동그란 것이 날아가 버린다니까?"

"죄, 죄송합니다! 더 노력하겠습니다!"

처음엔 그저 베트남 관광객들이라고만 생각했던 버스기사들은 이들이 그 악명 높은 범죄 조직 청방이라는 사실을 까마득하게 모르고 있었다.

그래서 그가 칼을 들이댔을 때엔 눈앞이 캄캄해지는 것을 느꼈다.

아마도 자신의 인생이 이쯤에서 막을 내리나 싶었을 것이다.

바로 그때였다.

쐐에에에에엥!

무언가 묵직한 것이 바람을 타고 날아와 버스의 측면으로 돌진해 왔다.

운전석에 앉아 있던 버스기사는 자신의 측면을 들이받기 위해 달려드는 무언가를 뒤늦게 발견했다.

"어, 어어어……?"

"뭐야?"

"뭐, 뭔가가 다가옵니다!"

"뭐라고?"

잠시 후, 버스는 그 의문의 물체에 부딪쳐 곧바로 고꾸라지고 만다.

쿠웅, 콰앙!

"크허억!"

"버, 버스가 전복된다!"

"모두 안전벨트를 착용해!"

"크윽!"

그나마 버스가 약간 기우뚱하는 순간이 있었기에 망정이지, 그렇지 않았다면 이미 청방의 조직원들은 살아 있는 목숨이 아닐 터였다.

쿠웅, 끼기기기기기기긱!

다행이도 흙바닥에 버스가 넘어지는 바람에 전멸은 면했으나, 버스기사를 제외한 50명 전원이 골절을 입는 사태가 벌어졌다.

쿵쾅, 쿠왕!

"끄아아악!"

"이런 제기랄!"

이윽고 그들을 향해 한 무리의 청년들이 숲 속에서 속속들이 모습을 드러냈다.

철컥!

"으으윽……."

"보스! 여, 옆을 보십시오!"

"뭐, 뭐라고?"

"저, 저놈들이 지금 총으로 우리를 겨누고 있습니다!"

"뭐, 뭣이라?"

가뜩이나 앞차가 넘어지는 바람에 급정거를 했던 뒤차들도 이미 정신이 없는 상태였다.

아마 저들이 총알을 퍼붓는다면 이곳에 탄 모든 조직원들이 살아남지 못할 수도 있었다.

"젠장!"

"어떻게 합니까?"

"그, 그건……."

마오가 미처 돌발 상황에 대처도 하지 못한 채 당황하고 있을 때였다.

두두두두두두!

서걱, 서걱!

"끄아아아악!"

"초, 총알이다! 피해!"

무려 50정이나 되는 총이 탄알을 쏟아 붓는 바람에 버스는 순식간에 피바다가 되어 버렸다.

촤락, 촤락!

"쿨럭, 쿨럭!"

"젠장! 구급약! 구급약을 꺼내서 지혈해라!"

"구급약은 버스 하부의 트렁크에 있습니다! 지금 가지고 올 수 있는 약은 하나도 없습니다!"

"제기랄!"

마오는 이대로 가만히 있다간 꼼짝없이 송장이 될 것이라고 생각했다.

그는 주머니에 항상 지니고 다니던 권총을 꺼내들곤 이내 버스의 밖으로 나가기로 한다.

철컥!

"이대로 죽을 수는 없다! 모두 밖으로 달려 나가 전방을 뚫고 돌파한다!"

"예, 보스!"

버스에 남은 인원들 중 이미 절반이 목숨을 잃었으나, 후방에 달리고 있던 버스는 넘어지지 않았으니 일단 사태는 수습할 수 있을 것이었다.

마오는 무작정 찌그러진 버스를 뚫고 나와 총을 갈겨댄다.

탕탕탕!

"죽어라!"

하지만 적들은 이미 방패로 몸을 가리고 있었기 때문에 총알은 아무런 효과가 없었다.

오히려 그들의 뒤에 있던 소총수들에게 어깨를 맞아 뒤로 날아가기 바쁜 마오다.

타앙!

"크헉!"

그리고 그 뒤를 이어 달려 나오던 조직원들 역시 같은 방법으로 목숨을 잃거나 중상을 입고 있었다.

핑핑핑!

"쿨럭, 쿨럭!"

그런 가운데 한 청년이 그에게 다가와 물었다.

"어이, 마오."

"…누구냐? 누군데 나의 이름을 함부로 부르는 것이냐?"

"후후, 곧 죽을 놈이 허세는 잘도 부리는군."

이윽고 그는 한 손으로 마오의 멱살을 잡고 들어 올리더니 이내 그의 안면에 주먹을 꽂아 박았다.

퍼억!

"끄헉!"

"아프냐? 아직 감각이 살아 있는 모양이군. 잘되었어. 앞으로 충분히 괴롭히다 땅에 묻어버릴 수도 있겠어."

"……?"

"아아, 무슨 말인지 잘 모르겠다고? 괜찮아. 이제 곧 무슨 말인지 알게 될 테니까."

그 말을 끝으로 마오는 이내 정신을 잃고 말았다.

빠악!

      *   *   *

조금 건조한 바람이 불어오고 있는 작은 오두막 안.

뚝딱뚝딱!

태하의 부하들은 인근 산에서 가지고 온 장작들을 오두막 곁에 차례대로 둘러놓고 있었다.

"으음……."

그때까지도 잠에서 깨어나지 못했던 마오는 가까스로 정신을 차려 자신의 앞을 바라보았다.

그곳에는 의자에 걸터앉아 있는 태하가 그의 눈동자를 주시하고 있다.

"어이, 이제야 정신이 좀 드나?"

"네, 네놈은……."

"그래. 내가 바로 제노니스의 보스이자 정명회의 대부다. 네놈이 어찌할 도리가 없는 그런 인물이라는 소리지."

"……"

태하는 할 말을 잃고 앉아 있던 그에게 물었다.

"몇 가지만 묻겠다. 만약 여기서 대답을 잘해 준다면 너를 풀어줄 용의도 있다. 하지만 그렇지 않다면 세상에서 가장 끔찍한 광경들을 목격하게 될 것이다."

"……"

"네놈, 어떻게 해서 내 동생들을 성노리개로 사들일 수 있었던 것이지?"

"…이 세상에 돈으로 안 되는 것도 있나? 돈으로 귀신도 부린다는 곳이 너희들 대한민국이다. 물질 만능 주의 국가에서 뭘들 못 하겠나?"

"그래서 내 동생들을 단돈 3천에 사들였다는 것이군?"

"뭐, 정확히는 그 빚까지 내가 다 떠안았지만 결론만 말하자면 그렇게 되는군."

태하는 그녀들을 팔아먹은 사람의 이름에 대해 물었다.

"좋아, 그렇다면 네게 내 동생들을 넘겨준 사람의 이름은 뭐야?"

"…블루문이다. 그 정도밖에 알 수가 없어."

"아하, 그래?"

이윽고 태하는 그의 허벅지에 한참을 불에 달군 젓가락 두 개를 찔러 넣었다.

푸욱!

"크윽!"

"신경이 불에 타는 느낌이 어떤 것인지 깨닫게 해주마!"

치이이이이익!

"끄아아아아악!"

허벅지를 지나는 신경다발이 젓가락에 눌리면서 엄청난 고통이 수반되었는데, 젓가락에 닿는 부분이 지져지니 도무지 사람이 버틸 수 있는 것이 아니었다.

덕분에 눈동자가 희끗희끗하게 돌아가 버린 그를 바라보며 태하가 다시 물었다.

"앞으론 이곳에 무엇을 집어넣을지는 나도 몰라. 나조차도 내가 무슨 짓을 하는지 잘 모를 때가 있거든."

"허억, 허억⋯⋯."

"좋은 말로 할 때 실토하는 것이 신상에 이로울 것이다. 네놈에게 여자를 팔아먹은 놈이 누구야?"

"양, 양재기다!"

그제야 태하는 자신이 원하는 대답을 얻었음에 미소를 지었다.

"양재기, 그놈의 양재기가 또 일을 저질렀군."

"⋯놈은 지금까지 나에게 수많은 여성들을 팔아주었다. 그중에서도 특히나 내 하렘에 있던 두 여자는 가히 최상품이라고 할 수 있었지. 그래서 나는 웃돈까지 건네주고 그녀들을 받아왔다."

"웃돈?"

"질이 좋은 상품을 가지려면 그만한 대가를 치르는 것이 당연한 이치다. 그래서 나는 그에 합당한 대가를 치렀다."

태하는 마치 세 동생들을 물건처럼 취급하는 그의 태도가 상당히 마음에 들지 않았다.

그는 다짜고짜 마오의 손가락을 뒤로 꺾어버렸다.

뚜두두둑!

"*끄*아아아악!"

"지금 그게 가족의 앞에서 할 소리인가? 물건? 오늘 아주 혓바닥을 쭉 뽑아서 융단을 만들어야 정신을 차릴 모양이군."

"…나, 난 그저 알아듣기 쉽게 얘기한 것뿐이다!"

"알아. 하지만 방법이 잘못되었다. 알겠나? 안 그래도 슬픈 내 심장을 더 이상 건드리지 말라는 소리다."

"미안하군……."

이윽고 태하는 그에게 한 가지 협조를 요청한다.

"나를 도와주면 네 조직은 더 이상 건드리지 않겠다. 다만, 나에게 흡수되어 그 명맥을 이어나가겠지."

"……."

"물론 너는 죽는다. 죄를 지었으면 벌을 받아야 하겠지."

"…최후통첩인가?"

"보스라면 보스답게 죽어라. 그나마 나는 너에게 아주 큰 은혜를 베풀고 있는 것이다."

"……."

"협조할 것인가?"

가만히 고민에 빠져 있던 마오는 이내 고개를 끄덕였다.

"…사람은 죽어도 이름은 남겠지."

"뭐, 그렇다고 볼 수 있겠군."

씁쓸한 표정을 짓던 마오가 태하에게 조건을 물었다.

"그나저나 내가 무엇을 도와주면 되는가?"

"간단하다. 내 동생들을 이 지경으로 만든 원흉을 찾아내는 데 일조하면 된다."

"…말은 쉽군."

"이 세상에 쉬운 일도 있나?"

"그건 그렇지."

"하여튼 청방의 보스로 죽게 해주는 것만으로도 고맙게 여겨라."

"……."

죽음을 기다리는 신세가 되고 말았지만 어찌되었건 청방의 초대 보스로서 이름만은 남길 수 있게 되었다.

* * *

라일라와 에밀리아는 캐나다 북부에 위치한 유주의 안전 가옥으로 찾아갔다.

두 사람은 오늘 그녀가 이곳으로 와 달라는 부탁을 받고 먼 길을 달려 도착했다.

라일라는 오늘 처음으로 와 본 안전 가옥의 문을 열고 그 안으로 들어섰다.

끼이익―

그러자, 거실에 놓인 거대한 집무용 책상을 들여다보고 있던 유주가 두 사람을 맞이했다.

"오셨군요. 먼 길 오느라 고생 많았습니다."

"고생은요, 당치도 않습니다."

"일단 앉아요. 차? 아님 술?"

"술이 좋겠군요."

유주는 안전 가옥 찬장에 진열되어 있던 브랜디를 한 병 개봉하고는 두 사람의 잔을 채웠다.

또르르르―

그녀는 달콤하면서도 알싸한 브랜디의 향이 퍼져 나갈 즈음에 다시 입을 열었다.

"제가 왜 두 사람을 이곳까지 불렀는지 궁금하겠죠?"

"물론입니다. 회장님께서 직접오시지 못한 것은 유감입니다만, 저희만으로도 괜찮다면 말씀해 주시죠."

유주는 피차 내숭을 떨 사이가 아니라고 생각해 본론부터 시작했다.

"좋습니다. 귀 떼고, 코 떼고 용건만 말하겠습니다. 우리, 사람 하나 찾읍시다."

"사람이요?"

"이성철이라고, 북한에서 최근에 한국으로 귀순한 사람입니다. 인민군 무력부부장을 보낸 사람이지요. 지금은 한국 정부에서 보호하고 있습니다. 1차 귀순 지역으로 한국을 지목했거든요."

"으음, 그렇군요."

"한데, 이 이성철이라는 사람이 꽤나 묵직한 비밀을 간직하고 있었어요. 어쩌나 이 비밀이 묵직하냐면, 일본과 중국이 다리를 놓았습니다."

"다리를 놓아요? 그게 무슨 소리입니까?"

"제가 아까 말씀드렸지요? 한국이 제1차 귀순 지역이라고요. 그렇다는 것은 다른 지역에서도 손을 벌렸다는 뜻 아니겠어요?"

"허, 허어… 그렇다면 중국과 일본에서도 그를 받아들이기 위해 로비를 벌이고 있다는 겁니까?"

"네, 그래요. 그리고 또 하나 놀라운 사실은 무려 미국에서도 그를 노리고 있다는 것이지요."

"…살다 보니 별일이 다 있군요."

"아무리 북한이 유엔이 인정한 국가에서 제외되었다곤 해도 엄연히 무력을 갖춘 군대를 가지고 있습니다. 아무나 함부로 편을 들기가 참으로 힘들죠."

"하지만 반대로 적대적인 세력으로 돌아서기에도 참으로 껄끄럽기 그지없지요."

"정확한 지적입니다. 저번 북한의 미사일 도발 때, 일본은 어떤 반응을 보였지요? 거의 전쟁이 날 것 같은 혼란에 빠졌습니다. 한마디로 북한은 다들 함부로 건드리지 못하는 상황이라는 소리입니다."

"흠……."

"그럼에도 불구하고 그곳에서 탈출한 인민군 무력부부장을 누가 데리고 가겠어요? 귀순한 인민군이야 한국에나 도움이 되지, 그들에겐 아무런 도움이 되지 않아요. 오히려 북한과의 관계만 나빠질 뿐입니다."

그의 귀순이 아무런 이득도 없다고 생각한 에밀리아와는 다르게 라일라는 이 스카우트 건에 대해서 무언가 특별한 것이 있다고 생각했다.

"…엄청난 물건을 숨겨두었군요."

"네, 맞아요. 그는 어떤 국가에서도 먼저 자신을 데리고 갈

치명적 물건에 대한 행방을 알고 있습니다. 그로 인하여 지금 일본, 중국, 미국이 이성칠을 데리고 가기 위해 촉각을 곤두세우고 있는 것이고요."

그녀는 두 사람에게 세계지도를 펼쳐 보이며 말했다.

"혹시, 한국사에 대해서 좀 알아요?"

"아니요, 그런데 갑자기 한국사는 왜 들먹이십니까?"

"이성칠은 한국사에서 가장 가치가 높은 물건에 대해서 털어놓았습니다."

유주는 NLL 이북지역인 원산 앞바다를 가리키며 말했다.

"이곳, 바로 이곳에 현대사를 통틀어 가장 가치 있는 배가 수장되었습니다. 그것은 바로 옛 나치의 보물선인 아르치헨 호입니다."

"아르치헨 호? 그건 그냥 사람들 사이에서 떠도는 낭설 아닙니까?"

"네, 그렇지요. 아니, 얼마 전까지는 그랬지요. 하지만 최근 북한에서 아르치헨 호에 대한 대대적인 발굴에 착수했습니다. 도대체 어떤 경로로 얻은 것인지는 몰라도 최근 북한이 아르치헨 호의 항해일지를 입수했거든요. 그래서 지금도 여전히 원산 앞바다를 뒤지고 있답니다."

"그런 일이……."

"하지만 여기엔 아무도 생각지 못했던 반전이 숨어 있었습니다. 그것은 바로 나치가 원산 앞바다로 보물선을 보내면서 그와 동시에 전함을 함께 급파했었다는 겁니다. 그러니까, 이곳 원산으로 파견된 배는 총 두 척, 둘 중에 하나는 보물선이고 하나는 전함이라는 소리지요."

라일라와 에밀리아는 문맥으로 미뤄보았을 때, 지금 북한이 찾고 있는 배가 바로 전함이라는 것을 어렵지 않게 알 수 있었다.

"…그럼 그들이 지금 찾고 있는 것은 다름 아닌 난파된 전함 한 척이라는 소리군요."

"네, 맞습니다. 현대 전쟁사에서 아르치헨 호의 호위전함은 역사적 가치를 지니고 있을 겁니다. 하지만 아르치헨 호에 들어 있는 보물에 비하면 아무것도 아니죠."

그녀는 지도에서 북태평양을 가리키며 말했다.

"전함은 동해상에서 미군과 전투를 벌이다가 북태평양으로 퇴각하려다 침몰했습니다. 그러나 아르치헨 호는 이미 남중국해를 지나 북태평양에 진입했었지요."

"북태평양이라. 그런데 그들은 왜 굳이 동해를 지나서 북태평양으로 가려던 겁니까?"

"뭐, 그건 아무도 알 수가 없죠. 이것은 인민군 무력부부장을 지냈던 이성칠 상장이 발굴 작업 도중에 발견했던 두 번째 항해일지에서 발췌한 내용입니다. 그 내용에 의하면 그들은 북태평양 한가운데서 침몰한 것이지요."

"그런데 그 보물선을 도대체 어떻게 찾는다는 건가요? 이건 서울 가서 김 서방 찾는 것보다 더 힘든 일이 될 텐데요?"

그녀는 두 사람에게 정확한 지점 하나를 가리키며 말했다.

"이 두 번째 일지에는 보물선이 침몰한 지점이 정확하게 나타나 있습니다. 이건 제가 사진을 통해 확인했습니다. 그리고 위성 지도에서도 확인할 수 있었어요. 이건, 진실입니다."

순간, 두 사람이 화들짝 놀라 되묻는다.

"그, 그게 정말입니까? 그렇다면 그 보물선에 실린 보물의 추정 가치는 도대체 얼마란 말입니까?"

"몰라요. 이 안에 얼마나 많은 보물이 묻혀 있는지 아는 사람은 아무도 없습니다. 다만, 이곳에는 각 나라의 국보급 보물들은 물론이고, 2차 세계대전에서 유실된 것으로 알려진 미술품이 대거 들어 있지요. 게다가 아르치헨 호 자체가 나치의 비자금과 전쟁자금을 조달하던 배이기 때문에 히틀러의 개인 자산은 물론이고 나치의 비밀 자금이 전부 다 이곳에 기록되어 있답니다."

"흐, 흐음……!"

"한마디로 이 배의 역사적 가치는 상상을 초월할 것이라는 소리죠."

이윽고 그녀는 이 배에 대해 한마디를 덧붙였다.

"게다가… 이 배는 아직까지 주인이 없습니다. 나치는 패망했고, 히틀러가 거두어들인 보물들은 공식적으로 임자가 없습니다. 그야말로 주운 사람이 임자라는 소리죠. 만약 이성칠 상장이 한, 미, 일, 중 어느 한 곳에라도 손을 벌린다면 정치인들은 그를 쌍수를 들어 환영할 겁니다."

"나 같아도 구미가 당기는 사업이 아닐 수 없겠군요."

그녀는 이 아르치헨 호가 앞으로 동북아 정세에 미칠 영향에 대해 역설했다.

"이 보물은 전 세계 패권과는 전혀 상관이 없습니다. 하지만 정치적 비자금은 대통령을 만들어낼 수 있을 정도로 중요한 자금입니다. 아마 어떤 당이라도 이 물건을 탐내지 않을까요?"

"흠, 그건 그렇군요."

유주는 두 사람에게 말했다.

"그래서 말인데, 이성칠의 가족들을 우리가 되찾고 보물 지도를 얻어냅시다."

"…네?"

"이성칠은 어차피 한국으로 귀화하면 그만한 대우를 받게 될 겁니다. 그가 가지고 있을 군사적 기밀만으로도 충분히 그 가치를 인정받을 수 있게 될 테니까요."

"……?"

"이 보물, 우리가 찾아서 태하를 대한민국 스타로 만들어 버리자고요. 그리고 종국에는 태하에게 적과 싸워 이길 수 있는 힘을 실어주자고요."

"…진심이십니까?"

"물론입니다. 태하가 겪었던 이 사건 말입니다. 아무래도 정계와 관련이 있는 것 같아요. 그렇다면 우리는 태하를 최대한 대한민국 깊숙한 곳에서 들어 올려주어야 합니다. 그게 우리가 할 수 있는 최선이란 말입니다."

"흠……."

"할 수 있겠어요?"

라일라는 그녀의 물음에 더 이상의 망설임도 없이 고개를 끄덕였다.

"합시다. 우리가 북한으로 들어가서 사람을 찾아오겠습니다."

"괜찮겠어요?"

"어차피 보스를 위해 죽기로 다짐한 몸입니다. 여기서 끝이 나도 여한은 없습니다."

"…그래요, 고맙습니다."

이윽고 그녀는 에밀리아를 바라본다.

"당신은 어떻게 할 겁니까?"

"난……."

복잡한 심경에 사로잡힌 그녀는 이윽고 슬그머니 미소를 머금은 채 말했다.

"같이 갑시다."

"에밀리아?"

"우리는 이보다 더 한 임무도 완수했던 사람들이잖아요? 못할 것이 어디 있습니까?"

"태하가 인복은 많은 모양이군요. 고맙습니다."

"별말씀을요."

이로서 세 사람이 의기투합하는 계기가 만들어지게 되었다.

*   *   *

고비사막 서부에 위치한 천가의 고묘.

사각사각—.

가막의 한가운데 위치한 고묘에선 얼음을 파내는 작업이 한창이었다.

무려 70톤에 달하는 얼음을 파내려갔으나, 여전히 그 바닥은 모습을 드러낼 생각을 하지 않았다.

"이상하군······."

"도대체 이 두꺼운 얼음을 과연 어떻게 만들어 낸 것일까요?"

"그러게 말이야. 아무리 생각해봐도 이건 천가의 무공은 아닌 것 같은데 말이지."

이제 막 얼음의 중간쯤 파내려 갔을 때였다.

저 밀리서 금발의 청년을 따라서 이곳까지 왔던 부하들이 소리쳤다.

"마스터! 이곳을 좀 보십시오!"

"뭔가?"

"…믿을 수 없는 일이 벌어진 것 같습니다."

"믿을 수 없는 일?"

"천가의 고검들이 누군가에 의해 수거되었습니다!"

"뭐, 뭐라?"

화들짝 놀라는 청년, 그런 그에게 창백한 얼굴의 여인이 말했다.

"…완성하신 모양입니다. 무려 900년이 지나서야 그 미스터리가 풀릴 모양입니다."

"후후, 그러게 말이야."

금발의 청년은 이제 이곳에 머물고 있던 인원들을 전부 다 철수시켰다.

"가자! 더 이상 이곳엔 볼일이 없을 것 같군!"

"예, 마스터!"

청년은 조금 두근거리는 마음을 안고 동굴을 떠나갔다.

외전. 새벽, 그 짜릿함

늦은 밤 영국 클럽의 메카 켄터베리에서는 이른 바 프라이데이 나이트 파티가 열리고 있다.

쿵쾅, 쿵쾅!

켄터베리 인근의 클럽에선 모두 오늘 12시 이전에 입장하는 사람들에 한해 입장비를 받지 않고, 맥주를 한 병 공짜로 제공한다.

만약 정말로 클럽 문화를 즐기는 젊은이라면 오늘과 같은 광란의 파티를 결코 놓치지 않을 터였다.

부아아아아앙―!

그런 켄터베리 클럽의 복잡한 거리로 빨간색 스포츠카가 한 대 달려오더니 멈추어 섰다.

이 빨간색 스포츠카는 독일의 자동차 장인이 한 땀 한 땀 수제로 만들어낸 슈퍼카 중의 슈퍼카다.

자동차 내부에 들어가는 부품에서 나사까지 하나하나 모두 장인이 직접 만들기 때문에 만약 차가 고장 나면 독일로 직접 보내서 수리를 받아야 한다.

무려 70년 동안 3대에 걸쳐 자동차를 수제로 만들어왔기 때문에 그 부품들 역시 초대 장인의 방식대로 정형화가 되어 있었던 것이다.

또한, 이 자동차는 아무에게나 판매되지 않기로 유명하기에 로고를 알아보는 사람도 드물다.

하지만 이 차의 로고를 알아본 사람이라면 차주의 능력이나 인맥에 대해 한번쯤 생각해 볼 것이다.

3년에 자동차 한 대를 만들기도 힘들다는 것을 생각해보면 결코 누구에게나 차가 전달되지 않을 것은 당연한 사실이다.

그냥 아무런 인맥 없이 이 집안의 자동차를 사려다간 10년이 지나도 차를 받기 힘들 것이다.

그러니 당연히 이 업계에 꽤나 유명한 사람과 인맥이 있어야 젊은 나이에 차를 인수받을 수 있을 터였다.

그러니까, 한마디로 이 차는 부와 명예, 그리고 인맥의 산물이라는 뜻이었다.

철컥!

수제 슈퍼카 슈타이너 스핏에서 내린 사람은 다름 아닌 현 BS그룹 이사 멜리사였다.

그녀는 차에서 내리자마자 그 차 위에 장막을 씌우고 장막 위에 달린 CCTV와 블랙박스의 전원을 켰다.

삐빅!

슈타이너 스핏에는 무려 25개나 되는 도난 방지 센서와 서른 개의 블랙박스가 내장되어 있다.

때문에 어지간한 강심장이 아니고선 차를 어떻게 해보는 것이 쉽지 않을 터였다.

또한, 이 차는 티타늄 합금에 다이아몬드 특수 코팅이 되어 있기 때문에 전력질주로 달려와 차를 들이 받지 않는 이상은 흠집을 내기초자 힘들다.

하지만 한 번 산 이상 차와 평생을 함께해야 할 오너의 입장에선 매일, 매 시간이 걱정투성이다.

"…누가 들이받지는 않겠지? 차에 흠집이 나면 안 되는데……."

그녀는 차에서 내려 장막까지 완벽하게 씌운 후, 그냥 빈손으로 차를 떠났다.

부릉, 삐빅!

지금 멜리사의 주머니에는 자동차 열쇠는 물론이고 스마트키도 들어 있지 않았다.

이 자동차는 주인의 손목에 채워진 스마트워치로 모든 것을 조종할 수 있도록 되어 있다.

때문에 그녀가 자동차의 곁을 떠나면 알아서 차가 시동을 끄고 문을 잠근 후에 차량 내부의 모든 블랙박스에 전원을 켜도록 되어 있었던 것이다.

그녀는 익숙한 걸음으로 차를 떠나 클럽 안으로 들어갔지만, 자동차 애호가들은 그녀를 경외에 가득 찬 눈으로 바라보았다.

"저 여자, 도대체 누구야? 누군데 슈타이너 스핏을……."

"…그것도 최신형 같은데? 봐, 버튼을 하나도 누르지 않았잖아."

"그렇다면 저것이 바로 슈타이너 가문에서 만든 최신작, '에스메랄다'겠군."

"맞아, 확실한 것 같아."

켄터베리 지역에는 슈퍼카를 즐기는 젊은이들이 많기 때문에 차량에 대한 지식도 꽤나 뛰어난 편이다.

그렇기 때문에 어지간한 사람들은 잘 알아보기도 힘든 차에 대해서 술술 나오고 있었던 것이다.

그들은 클럽 안에서 그녀를 꾀어내 하룻밤을 즐길 요량보다는 차에 대한 호기심으로 멜리사를 따랐다.

＊　　　　＊　　　　＊

쿵쾅쿵쾅!

고막을 찢어버릴 듯한 비트가 울려 퍼지는 클럽 안에 들어선 멜리사는 오랜만에 쌓여 있던 스트레스를 춤으로 풀어냈다.

빠바바바바밤!

"꺄아아아!"

혼자 클럽에 왔음에도 불구하고 그녀는 괴성을 질러대며 자신만의 춤사위에 빠져들고 있었다.

클럽이 좋은 점이라면 마음 놓고 소리를 질러도 뭐라고 할 사람 하나 없으며, 마음껏 머리를 뒤흔들고 다녀도 문제될 것이 없다는 점이었다.

한마디로 클럽에선 나를 잠시 내려놓고 노는 것이 어쩌면 당연하다고 볼 수 있었다.

한참 미친 듯이 몸을 뒤흔들며 클럽음악에 심취해 있던 그녀에게 한 무리의 사내들이 다가왔다.

그리고 그들은 그녀에게 귓속말로 몇 가지 질문을 던졌다.

"혹시 슈타이너의 차주 되십니까?"

"네, 그런데요? 무슨 문제라도?"

"하하! 그런 것이 아니고, 제가 차량 동호회 회장인데, 이것저

것 물어보고 싶어서요."

"아, 그래요?"

"술은 저희들이 살 테니 룸에서 슈타이너에 대해 궁금한 것들을 좀 풀어주시지요!"

그녀는 그들의 제안을 흔쾌히 허락했다.

"네, 좋아요!"

"화끈하시군요! 갑시다!"

멜리사가 세상에서 가장 좋아하는 것이 딱 두 가지 있는데, 하나는 클럽이고 또 하나는 자동차다.

차에 관한 열정은 그 어떤 누구에게도 뒤지지 않을 정도로 모터 마니아인 그녀에게 자동차 얘기는 남자들 군대 얘기보다 더 반갑다.

이윽고 남자 열 명쯤으로 구성된 술자리에 끼게 된 그녀는 이곳저곳에서 질문 세례를 받았다.

"슈타이너 스핏 몇 연식인가요?"

"13연식입니다."

"오오! 그렇다면 지금 제작하고 있는 모델의 바로 전 단계라는 말씀이십니까?"

"뭐, 그렇다고 볼 수 있죠."

"와! 도대체 저런 차는 어떻게 구하신 겁니까?"

"제 회사에서 약간의 도움을 주어서 구했습니다. 회사의 대표이사께서 그쪽으로 인연이 있었거든요."

"아아!"

사실, 그녀의 슈퍼카는 핫산이 멜리사를 영입하고 나서 보수와 함께 약속했던 물건이다.

그는 독일의 슈퍼카 슈타이너 스핏을 분양받기 위해서 무려 3년이라는 시간을 공들여 차를 구해주었다.

만약 핫산이 슈타이너 스핏을 구해 주지 않았더라면 멜리사는 결코 그에게 복종하지 않았을 지도 모른다.

자동차 애호가에게 차는 영혼과도 같은 것이기 때문에 점찍은 모델 말고는 다른 것을 아예 생각할 수도 없었기 때문이다.

그밖에도 동호회 사람들은 차량의 마력이나 토크, 출력, 관리법 등에 대해서 물었다.

멜리사는 이미 자신의 차에 대해 모르는 것이 전혀 없었기 때문에 막힘이 없이 아주 술술 차량의 제원에 대해 말해주었다.

"공차 중량은 1,570kg이고 최대출력은 800hp입니다. 최대 토크는 85정도로 알고 있고요."

"와……! 아벤타도르보다 성능이 뛰어나?"

"제한된 환경에서 만들어진 수제 스포츠카니까요."

"대단하군……."

차량 애호가 입장에선 슈타이너 스핏을 한 번 보는 것만으로도 눈이 호강할 것이 분명했다.

때문에 그들은 그녀에게 차량에 시동을 한 번만 걸어봐 달라고 부탁했다.

"저기, 죄송합니다만 시동 한 번만 걸어봐 주시면 안 될까요? 부탁드립니다."

"네, 부탁드립니다!"

그녀는 클럽에 들어온 흐름이 조금 끊어지는 것이 마음에 걸리긴 했지만 오랜만에 차를 좋아하는 사람들을 잔뜩 만나서 기분이 좋아진 상태였다.

"뭐, 그러시죠. 대신 운전은 할 수 없습니다. 제가 맥주를 좀 마셔서요."

"아이고, 괜찮습니다! 시동 한 번 걸어보는 것만으로도 영광인 것을요!"

이윽고 그녀는 사람들을 데리고 클럽 앞으로 향했다.

*　　　　　*　　　　　*

붕붕붕, 부아아아아아아앙!

슈퍼카 슈타이너 스핏의 엔진소리가 울려 퍼지자, 켄터베리 전체가 전율하는 듯 배기음이 귀를 뚫고 들어왔다.

마치 F1그랑프리를 구경 온 사람들처럼 황홀경에 젖어든 동호인들은 차를 이리저리 둘러보며 연신 감탄사를 내뱉는다.

"엔진의 배기음을 좀 봐! 역시, 명품은 달라도 다르군!"

"크으, 묵직하면서도 깔끔한 퍼포먼스라… 어지간한 슈퍼카는 명함도 못 내밀 정도군!"

"실례가 되지 않는다면 동영상을 좀 촬영해도 되겠습니까?"

"네, 그러시죠."

이윽고 멜리사는 공회전 중에 가속 페달을 살짝 밟아 엔진으로 굉음을 만들어냈다.

퉁퉁퉁퉁, 부아아아앙!

"터, 터보?"

"네, 맞아요. 지금은 터보 모드로 전환한 겁니다. 다만, 엔진에 무리가 가서 어지간하면 터뜨리진 않지요."

"꾸, 꿈의 차다! 이 스펙에 터보라니, 우리들은 아예 운전을 할 수도 없겠구먼……."

"그렇지 않습니다. 차에 대한 이해와 숙달만 충분하다면 누구나 운전할 수 있어요. 다만, 시간이 좀 걸리겠죠?"

그녀의 짧은 시연이 끝나고 난 후, 동호인들은 설레는 가슴을 진정시키느라 눈을 뜨지도 못했다.

"…이젠 죽어도 여한이 없다!"

"내일부터 내 차를 열심히 튜닝해서 저 스펙에 조금이라도 가까워지게 만들고 말리라!"

사실, 이곳에 모인 동호인들은 차에 거의 미쳐 있기 때문에 슈타이너 가문에는 조금 못 미치더라도 충분히 명망 높은 명품 회사의 슈퍼카들을 가지고 있었다.

　하지만 동호인들의 입장에서 보았을 때에 차량의 성능을 높이는 것은 인생의 즐거움이기 때문에 튜닝을 멈추지 않았던 것이다.

　동호회 회장은 그녀에게 명함을 한 장 건네며 말했다.

　"언제 실버스톤 서킷을 한번 달리시죠. 저희들에게 레이싱을 해볼 영광을 주십시오."

　"물론이죠. 제가 쉬는 날 연락을 드릴게요."

　그녀는 동호회 회장의 명함을 한 번 슥 훑어보았다.

　멕켈런 자동차 상무이사 마이클 핸드릭스

　멜리사는 자동차회사의 상무이사인 마이클을 바라보며 슬그머니 미소를 지었다.

　"어쩐지, 차를 지나치게 좋아하신다 했더니 모터스 맨이셨군요."

　"하하, 별것 아닙니다. 그냥 유럽에서 차를 공부하다가 우연히 스카우트 되어서 차를 만들게 되었습니다. 그러다 보니 어느새 지금까지 오게 되었지요."

"그렇군요. 이곳에서 모터스 맨을 만나다니, 반갑군요."

"저 역시 마찬가지입니다."

악수를 나누는 두 사람, 어쩌면 앞으로 두 사람의 인연은 꽤 나 깊어질지도 모를 일이었다.

＊　　　　＊　　　　＊

며칠 후, 멜리사는 휴일을 이용하여 실버스톤 서킷을 찾았다.

부릉, 부릉!

이곳은 F1그랑프리를 개최하기 위해 만든 트랙인 만큼 동호인 들이나 프로 선수들의 친선경기가 수시로 이루어지는 곳이다.

오늘은 슈퍼카 동호회 '윈드포스'와 '폭주천사'의 시합이 있는 날이었다.

슈퍼카 동호회 윈드포스의 회장 마이클은 멜리사를 정식 동 호회 회원으로 지정하고, 오늘 경기에 참여할 수 있도록 했다.

지금까지 답답한 고속도로에서만 차를 몰고 다녔던 그녀에겐 더없이 즐거운 날이 될 것이었다.

부앙, 부아아앙!

오늘 경기는 멕켈런 자동차의 요청으로 동호회 친선경기 겸 엔진오일 테스트를 위해 열렸다.

고로, 오늘 사용되는 엔진오일은 모두 멕켈런 자동차에서 순정 제품에 사용될 오일을 넣어야 한다.

하지만 그럼에도 불구하고 오늘은 서킷을 달릴 수 있는 라이선스가 있어야만 경기에 참여할 수 있다.

부앙, 부아아앙!

멜리사는 이미 독일의 라이선스를 취득한 후, 자동차 경주 국제경기에서 뛸 수 있는 라이선스를 취득했다.

지금까지 그녀가 참여한 경기만 해도 무려 20경기가 넘으며, 매일 시간이 날 때마다 서킷을 돌아다니며 몸소 스피드를 체험하는 것이 취미인 그녀다. 아마도 이곳에 모인 사람들 중에서도 그녀는 단연 최고의 실력을 가지고 있을 터였다.

'오늘은 좀 자제를 해야 할 것 같은데?'

루키를 벗어나 프로경기에 선 경험이 있었던 그녀에게 아마추어 경기는 그저 실력을 녹슬지 않도록 하는 안배와 같았다.

때문에 그녀는 오늘 경기에서 승리하거나 우수한 성적을 거두어야겠다는 마음을 버렸다. 그저 속도와 퍼포먼스를 즐기며 차의 매력에 흠뻑 취하고 싶을 뿐이었다.

딩, 딩, 딩, 띠잉!

부아아아앙!

드디어 경기가 시작되었고, 그녀는 수동 기어로 된 차량의 기어를 곧바로 2단으로 올리며 빠른 속도로 치고 나갔다.

끼익, 부아앙!

그녀의 차량이 출력이 가장 월등하기 때문에 스타트가 빠른 것은 당연한 일이었다.

폭주천사 소속 동호인들은 슈타이너 스핏의 스펙에 기가 눌려 그녀에게로 가까이 다가오지 못했다.

그녀는 이런 어색함을 극도로 꺼려하는 성격이다.

빠앙!

갑자기 창문 밖으로 손을 내민 그녀가 수신호로 자신을 추월해도 괜찮다는 신호를 보냈다.

그러자, 자극을 받은 동호인들이 힘껏 페달을 밟기 시작했다.

부앙, 부아아아앙!

"후후, 이제야 좀 할 맛이 나는군!"

한 번 자극을 받은 그들은 거의 신에 들린 사람처럼 마구 그녀의 차량을 압박하며 들어왔다. 덕분에 공격적인 장면이 연출되었고, 그녀는 한껏 미소를 지었다.

"꺄아아호! 그래, 이게 바로 사람 사는 재미지!"

그녀가 차를 좋아하는 이유는 그것이 지상에서 가장 빠른 속도감을 즐길 수 있는 스포츠이기 때문이다. 만약 비행기 경주가 있었다면 그쪽 라이선스를 취득했을지도 모를 그녀였다.

멜리사는 오랜만에 살아 있음을 만끽하며 경주를 이어나갔다.

*　　　*　　　*

경기가 끝난 후, 친선의 뒤풀이로 켄터베리 클럽의 대형 룸이 통째로 대절되었다.

"자자, 마셔!"

"건배!"

오늘 경주에선 당연히 그녀가 우승을 거머쥐었고, 사람들은 그 결과가 당연하다고 입을 모았다. 아무리 차량의 성능이 좋아도 운전하는 사람이 미숙하면 그저 흉기에 불과하기 때문이다.

하지만 오늘 그녀는 모든 사람들에게 자신의 역량이 얼마나 뛰어난지 유감없이 보여주었고 폭주천사의 회장이자 영국 클럽 협회 회장인 존 트렌스는 그녀에게 금색 트로피를 수여해주었다.

"비록 동호인들이 어쩌다 잡은 기회에 열린 경기입니다만, 그래도 트로피는 필요할 것 같더군요. 받으시죠."

"고맙습니다."

"와와, 박수!"

짝짝짝짝!

상은 크거나 작거나 받는 사람이나 주는 사람이나 모두 다 기분이 좋아지는 물건이다. 트로피를 수여받은 그녀는 오늘 아주 통이 큰 결정을 내렸다.

"오늘 상을 제가 받았으니 1차는 제가 쏩니다."

"오오, 정말이십니까?"

"네 발로 기어가도 좋으니 마음껏 마시세요."

"이야, 역시 실력만큼이나 통도 크군!"

"마셔, 마셔!"

그녀는 오늘 한껏 달아오른 기분에 쉬지 않고 술을 들이켰다.

이른 새벽. 늦은 밤부터 시작되었던 술자리는 끝을 모르고 이어지고 있었다.

"딸꾹, 딸꾹!"

술에 거나하게 취한 멜리사는 비틀거리는 걸음으로 화장실로 향하고 있다.

"으음, 으으음……."

아무리 특수 훈련을 받은 그녀였지만 술을 내리 몇 시간 동안 퍼마셔대곤 도저히 버틸 수가 없었다. 그래서 오늘은 평소와는 다르게 아주 지독하게 술에 취해 있었던 것이다.

"후후, 기분은 좋네!"

지금까지 BS그룹에서 일하면서 단 한 번도 자유를 만끽한 적이 없었던 그녀는 오늘 제대로 고삐를 풀기로 했던 것이다.

하지만 오늘 고삐를 풀기로 했던 사람들은 그녀뿐만이 아니었다. 클럽을 찾는 젊은이들은 대부분 술이 머리끝까지 취해 있거나 마약을 흡입한 경우가 대부분이다.

때문에 조금이라도 수틀리는 일이 발생하면 그 즉시 시비가 걸리기도 했다. 하지만 문제는 남녀 간의 문제는 시비가 아니라 성적인 문제로 발전할 수 있다는 것이었다.

그녀가 술에 취해 화장실에서 나오는데 어떤 한 무리의 청년들이 그녀의 주변을 둘러싸며 음란한 미소를 날렸다.

"어이, 잘 빠진 아시안 젖소! 오늘 한번 화끈하게 놀아볼까?"

"…미쳤군. 죽고 싶다면 무슨 짓을 못 할까?"

"하하하! 고년 참, 아주 앙칼진 것이 딱 내 스타일이야!"

만약 평범한 여성이었다면 소리를 질렀거나 그 자리를 피했을 것이 분명했다.

하지만 그녀는 일반인과는 아예 거리가 멀어도 한참은 먼 인물이었다.

"오늘 아주 요단강을 건널 때까지 흠씬 두들겨 패주지!"

"크하하! 미친년이군! 이봐, 잡아!"

이 시끄러운 클럽 안에서 그녀를 누군가 으슥한 곳으로 끌고 가 몹쓸 짓을 한다고 해도 눈치를 챌 사람은 드물 것이다.

워낙 시끄럽고 어두운 곳이 클럽인데다, 대부분이 하룻밤 잠자리 상대를 구하러 오는 곳이 이곳이기 때문이었다.

그들은 힘으로 그녀를 억압하려 손을 뻗었다.

"잡아!"

"하아… 뒈져도 난 몰라."

이윽고 그녀는 자신을 향해 뻗은 손을 잡아 비틀어 버렸다.

뚜두둑!

"크으으윽!"

"상대를 잘못 골라도 한참이나 잘못 골랐어. 오늘이 너희의
제삿날이 될 것이다!"

멜리사는 사내의 팔을 반대쪽으로 360도 꺾어버렸다.

뚜두두둑!

"끄아아아악!"

"이, 이런 미친년이!"

"흥! 오늘의 일을 평생 후회하도록 해주지!"

그녀는 자신의 앞을 막아서는 사내들을 차례대로 불구로 만
들어가기 시작한다.

텁!

"으윽!"

"싸움에서 팔을 잡힌다는 것은 이미 승기를 빼앗겼다는 것이
다. 잊지 말도록!"

빠각!

"끄아아악!"

"파, 팔이 부러졌어!"

"뭐 이런 괴물 같은 년이 다 있어!"

"후후, 이런 사람 처음 봐? 하긴, 너희 같은 쓰레기들이 나 같
은 전문가와 마주해 본 적이나 있겠어?"

이윽고 그녀는 자신의 주머니에서 아주 얇은 나이프를 꺼내어 내밀었다.

스릉!

"이게 뭔 줄 알아? 소의 힘줄을 끊거나 동맥을 파열시킬 때 사용하는 칼이야. 사람의 뼈를 바르거나 핏줄을 찌를 때 좋지."

"뭐, 뭐라?"

"후후, 걱정은 하지 마. 강간을 시도했다고 해서 죽이지는 않을 테니까. 대신, 평생 병신으로 살아가야 하는 것은 잊지 마."

"그런데 이년이……"

그녀는 사내들이 말을 맺기도 전에 재빨리 단맥용 나이프로 빠르게 그들의 급소들을 찔렀다.

푹푹푹!

촤락!

"크헉! 내, 내 무릎!"

"파, 팔목이 잘렸어! 히, 힘줄이 밖으로 튀어 나왔다고!"

"쯧, 엄살은 심해가지고."

워낙 예리하게 베어버렸기 때문에 칼에 피가 묻지 않는 것은 물론이고 사방에 혈흔이 낭자할 겨를이 없었다. 그녀는 단 5분 만에 10명을 모두 불구로 만들어버린 후, 클럽을 나섰다.

서걱, 서걱!

"으으으……"

"사, 살려줘!"

"명심해라. 나중에 나와 다시 마주친다면 그냥 도망가는 것이 좋을 거야. 나는 두 번째 만나는 목표는 반드시 죽이거든."

멜리사는 이윽고 홀연히 사라져 클럽을 떠나버렸다.

*　　　*　　　*

이른 아침, 태하는 회사에 출근하면서 라디오를 듣고 있었다.

─다음 소식입니다. 어제 켄터베리의 한 클럽에서 20대 청년 열 명이 한 여자에게 습격을 당하는 일이 벌어졌습니다.

"흠, 대단한 여자군. 어떻게 열 명이나 되는 청년들을……."

태하는 잠시 감탄을 금치 못했지만, 얼마 지나지 않아 그의 얼굴이 새까맣게 질려간다.

─…그 여자는 괴물입니다! 소의 힘줄이나 자르는 칼로 우리들의 급소만을 노렸어요! 지금 우리들은 당장 내일부터 장애인 등급을 받아 국가에서 지원을 받아야 할 상황이라고요!

─소의 힘줄을 자르는 칼이라… 어째서 그런 칼을 사용했다고 하던가요?

─흔적이 남지 않는답니다.

─흠, 그렇군요? 그렇다면 그 당시, 강압적인 방법으로 그녀에게 무언가를 요구한 적이 있었습니까?

─…그냥 관심이 있다고 표현을 좀 했을 뿐입니다.

─관심의 표현을 했을 뿐인데 다짜고짜 힘줄을 끊는 칼로 난도질을 했다고요?

─네, 그렇다니까요!

방송의 중반부까지 내용을 전해들은 태하는 이 사건이 과연 누구의 소행인지 알 것 같았다.

"설마……."

멜리사는 요인을 암살하는데 있어 가장 확실하고도 은밀한 훈련을 받았었다. 그렇기 때문에 그녀의 암살 현장에는 그 어떤 증거도 남지 않았으며, 행여나 살아남게 되도 불구가 되어버렸다.

또한, 처음 태하가 그녀를 만났을 때에도 멜리사는 주머니에 아주 얇은 나이프를 가지고 있었다.

"클럽이라… 그녀가 맞다면 사정을 한번 들어봐야겠군."

그는 재빨리 차를 몰아 회사로 향했다.

이른 아침부터 부리나케 달려 온 태하를 바라보며 멜리사는 고개를 갸웃거린다.

"어, 회장님?"

"메, 멜리사! 어떻게 된 일이야?"

"뭐가 어떻게 된 일이라는 겁니까?"

"사람들을 불구로 만들어놓은 것, 자네 아닌가!"

그녀는 묵묵히 고개를 끄덕인다.

"맞아요. 제가 한 일입니다."

"…뭐, 뭣이? 그게 지금 할 소리인가! 도대체 왜……."

멜리사는 태하를 바라보며 심드렁한 표정으로 말했다.

"보스, 그들은 저를 강간하려 했습니다. 그런데도 제가 참아야 했었나요?"

"열 명이나 되는 사람들이 말이야?"

"예, 그렇습니다. 무려 열 명입니다. 만약 제가 평범한 여성이었다면 꼼짝없이 놈들의 먹잇감이 되어버렸을 겁니다. 안 그래요?"

"흐음……."

"저는 저를 대신해서 누군가 성범죄를 당할까 봐 두려워서 그런 짓을 했던 겁니다. 그게 잘못인가요?"

"…하긴, 그게 자네의 잘못은 아니지."

설마하니 멜리사에게 성범죄라는 단어가 튀어나올 줄은 꿈에도 몰랐던 태하는 그제야 그녀 역시 여자라는 사실을 깨달았다.

'맞아, 겉으로 보기엔 아주 미인이지. 만약 술에 취했다면 충분히 그녀를 겁간하고 싶었을지도 몰라. 내가 왜 그 생각을 못했을까?'

태하는 오늘 처음으로 그녀가 여자였다는 것을 자각하곤 크게 충격을 받았다. 지금까지 그는 편견 없이 사람을 대해왔다고 생각했건만, 지금 와서 보니 그것이 아니었던 모양이다.

항상 톡톡 쏘고 거친 언사들만 일삼는 그녀 역시 여자였건만, 태하는 그녀가 천하무적이라는 생각에 메여 있었던 것이다.

태하는 그녀에게 깊이 고개를 숙였다.

"미안하네. 나는 자네가 여자란 사실을 잠깐 잊고 있었어… 용서해 주게."

"…차라리 묻지마 살인을 저질렀다고 하세요. 여자라는 사실을 잊었다는 것은 너무했잖아요?"

"그, 그런가?"

"아무튼 그렇게 된 것이니까 더 이상 추궁은 하지 말았으면 합니다."

"물론이지!"

오늘부로 태하는 이 세상의 모든 편견을 모두 버려야겠다고 다짐했다.

『도시 무왕 연대기』 5권에 계속…

초대형 24시 만화방

신간 100%, 샤워실, 흡연실, 수면실(침대석), 커플석, 세탁기 완비

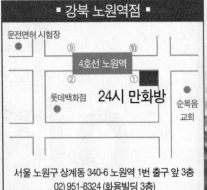

■ 강북 노원역점 ■

운전면허 시험장
④ ⑩
4호선 노원역
롯데백화점 24시 만화방
순복음 교회

서울 노원구 상계동 340-6 노원역 1번 출구 앞 3층
02) 951-8324 (화용빌딩 3층)

■ 일산 정발산역점 ■

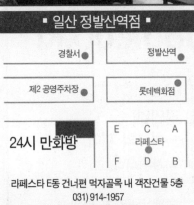

경찰서
정발산역
제2 공영주차장
롯데백화점
24시 만화방
E C A
라페스타
F D B

라페스타 E동 건너편 먹자골목 내 객잔건물 5층
031) 914-1957

■ 일산 화정역점 ■

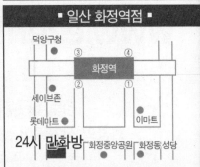

덕양구청
③ ④
화정역
② ①
세이브존
롯데마트
이마트
24시 만화방 화정중앙공원 화정동 성당

경기도 고양시 덕양구 화정동 984번지 서일빌딩 7층
031) 979-4874 (서일사우나 건물 7층)

■ 부천 역곡역점 ■

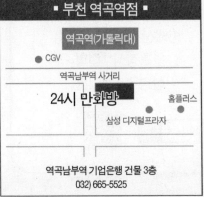

역곡역(가톨릭대)
CGV
역곡남부역 사거리
24시 만화방
홈플러스
삼성 디지털프라자

역곡남부역 기업은행 건물 3층
032) 665-5525

■ 부평역점 ■

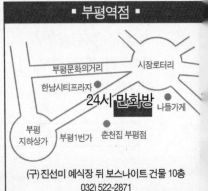

시장로터리
부평문화의거리
한남시티프라자
24시 만화방
나들가게
부평 지하상가
부평1번가 춘천집 부평점

(구) 진선미 예식장 뒤 보스나이트 건물 10층
032) 522-2871

FUSION FANTASTIC STORY

탁목조 장편 소설

천공기

탁목조 작가가 펼쳐 내는 또 하나의 이야기!

『천공기』

최초이자 최강의 천공기사였던 형.
형은 위대한 업적을 이룬 전설이었다.
하지만 음모로 인해 행방불명되는데……

"형이 실종되었다고
내게서 형의 모든 것을 빼앗아 가?"

스물두 살 생일,
행방불명된 형이 보낸 선물, 천공기.
그리고 하나씩 밝혀지는 진실들.

천공기사 진세현이 만들어가는 전설이 시작된다!

Book Publishing CHUNGEORAM

유행이 아닌 자유추구 -
WWW.chungeoram.com

ODD LAWYER
FUSION FANTASTIC STORY
미더라 장편 소설
Devil's Balance
괴짜 변호사
악마의 저울
『즐거운 인생』 미더라 작가의
2015년 대작!
현직 변호사, 형사, 프로파일러, 범죄심리학 전문가 자문으로
현장의 생생함을 그대로 담아낸 현대 판타지!
『괴짜 변호사 : 악마의 저울』
"제가 왜 한 번도 패소한 적이 없는 줄 아십니까?"
"……."
"저는 법으로만 싸우지 않거든요."
법의 칼날 위에서 춤추는 자들과의
치열한 공방이 펼쳐진다!
Book Publishing CHUNGEORAM
유행이 아닌 자유추구 -
WWW.chungeoram.com

FUSION FANTASTIC STORY

말리브해적 장편소설

MLB
메이저리그

Book Publishing CHUNGEORAM

유행이아닌 자유추구─
WWW.chungeoram.com

이경영 판타지 장편소설

FANTASY FRONTIER SPIRIT

그라니트

용들의 땅

GRANITE

사고로 위장된 사건에 의해 동료를 모두 잃고 서로를 만나게 된 '치프'와 '데스디아'.
사건의 이면에 상식을 벗어난 음모가 있음을 알게 된 둘은
동료들의 죽음을 가슴에 새긴 채 각자의 고향으로 돌아간다.
2년 후, 뜻하지 않게 다시 만난 두 사람은 동료들의 복수를 위해
개적용역회사 '그라니트 용역'을 설립해 다시금 그 땅을 찾게 되는데……

용들이 지배하는 땅 그라니트!
그곳에서 펼쳐지는 고대로부터 이어지는 운명적 만남,
깊어지는 오해, 그리고 채워지는 상처.

『가즈 나이트』시리즈 이경영 작가의 미래형 판타지 신작!

Book Publishing CHUNGEORAM

유행이 아닌 자유추구 -
WWW.chungeoram.com

FUSION FANTASTIC STORY

인기영 장편소설

리턴 레이드 헌터

Return Raid Hunter

하늘에 출현한 거대한 여인의 형상……
그것은 멸망의 전조였다.

『리턴 레이드 헌터』

창공을 메운 초거대 외계인들과
세상의 초인들이 격돌하는 그 순간.
인류의 패배와 함께 11년 전으로 회귀한 전율!

과연 그는, 세계의 멸망을 막을 수 있을 것인가.

**세계 멸망을 향한 카운트다운 속에서 피어나는
그의 전율스러운 이야기!**

Book Publishing CHUNGEORAM

유행이 아닌 자유추구
WWW. chungeoram.com